処刑少女の生きる道《バージンロード》7
—ロスト—

佐藤真登
Story by Sato Mato
イラスト ニリツ
Art by Nilitsu

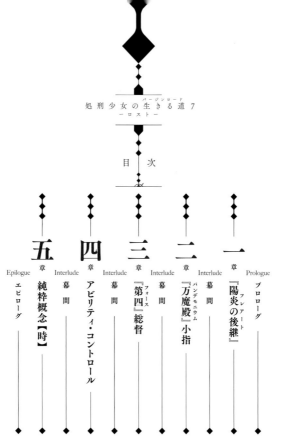

処刑少女の生きる道《バージンロード》7
―ロスト―

目次

Contents

Story by Sato Mato Art by Nilitsu

処刑少女の生きる道《バージンロード》 7
—ロスト—

佐藤真登

GA文庫

カバー・口絵・本文イラスト
ニリツ

プロローグ

Prologue

そこには、夢を見ている少女が一人いた。

静かで、静かで、彼女の黒髪に留まっている蝶々《ちょうちょう》の羽ばたきすら耳に届きそうなほどの静寂な世界に、たった一人、瞳《ひとみ》を閉じて、まぶたの裏に夢を描く。

うずくまった姿勢の少女の胸元《むなもと》には、真っ白な刃が突き刺さっている。刃先の周辺だけ豊かな膨らみを覆う布地が崩れて、やわらかな肌がのぞいていた。

『塩の剣』。

真白の刃で傷つけたあらゆるものを塩と変える剣の欠片に抗するため、彼女の時間は止まった。死んでいるわけでもなく、生きているわけでもない。時間の狭間に意識を閉じ込められた彼女は、害するもののない静寂と平穏の中で瞳を閉じている。

きっと夢を見ている。

自分が目覚める時を待って。

トキトウ・アカリは、きっと、うつつの夢を見ている。

一章

陽炎《フレアート》の後継

駅から伸びる大通りを、寒風が吹き抜ける。

街中の空気は、しんしんと冷えている。石畳で舗装された大通りには各々の外套を羽織《はお》った人が行き交い、たまに第二身分《ノブレス》の金持ちが乗っている導力車両が導力光を排出しながら走行する。道の脇《わき》には名残雪《なごり》が積もっているものの、雪で道が埋まるような厳しい季節は通り過ぎた。

人でにぎわう大通りにつながる路地から、ひょこりと少女が姿を現した。

「だいぶ、暖かくなってきましたね」

北国の季節感を呟《つぶや》いたのは、十二、三歳ほどの少女だ。

まだまだ震えるほど寒いのだが、北大陸の住人にとっては春の訪れを感じさせる日和である。

彼女はこの世界ではもっともありふれた身分階級層である第三身分《コモンズ》だ。よき市民である彼女は、手袋をはめた手で円柱形の一抱えはある物体を持ち、中綿入りの分厚い靴で雪解けに濡《ぬ》れた歩道を進む。

少女が抱えているものは、大陸北部では必須の暖房用の導器である。地脈から各家庭に引かれている導力線とつなげれば、一機で部屋を丸ごと温めることができる生活必需品だ。

数日前から少しばかり調子が悪かったので少女が分解して直そうとしたら、本格的に壊れてしまった。当然の備えとして予備はあるものの、安くはない導器を壊したと母親からこっぴどく叱《しか》られた。罰として工房に持ち込んで修理をしてもらってこいと言いつけられて、見た目通り重い暖導器をえっちらおっちらと運んでいるのだ。

家から歩いて、早十分。息が切れてきた。少女一人で運ぶには重労働だ。

それも含めての罰則お使いである。故障の原因が自分で導器を分解したせいだとなれば文句も言えず、両手で大きな導器を抱えたまま少し危なっかしい歩調で進む。

悪いことに大通りの人波が、かなり多い。なにか催しがあって町の人間が外に出ているというわけではない。冬が明けてから観光目的の人間が増え始めているのだ。

北に住む人間からすると、よそ者は服装を見ればすぐにわかる。北の寒さを軽視しているか、あからさまに中央大陸で防寒具を買いそろえましたという服装かの二種類だからだ。

「巡礼でもないのにわざわざ未開拓領域を抜けてまでくるなんて、中央には暇人ばっかりです」

文句を言った少女は顔を上げる。

屋外で頭上を仰げば、空がある。晴天の青、曇天の白、夕焼けの赤、夜空の黒。空の色は数あれど、見上げれば空が視界に映るというのは意識することすらない常識だ。

だが、北大陸に限っては、そんな常識が通じない。

「あんなもの見て、なにが楽しいんでしょう」

北の空で真っ先に目に付くのは、流動する白濁液に覆《おお》われた巨大な球体だ。視認できる程度に発光している白球は、まさしく星の運行に似たスピードで空を巡っている。目で動きを追うには遅すぎるが、一時間という区切りで見れば確かに移動している速度だ。

いまはちょうど少女が住んでいる街の上空を通過しているが、『星骸《せいがい》』と呼ばれる球体はこれ一つというわけではない。似たような球体が七つ、北大陸の上空を楕円軌道で空を回っている。物好きな研究者によれば、なんでも上空の天脈に沿って巡っているらしい。

『星骸』の迫力たるや、これを見るためだけに来る人もいるという観光名物なのだが少女には感動も感慨もない。生まれた時からずっと上空に浮いているのを見飽きているのだ。なんのために存在するかも知れないでっかい球体などより、直近のお使いが優先されている。

「けど、ただのお使いなんて損なのです。今日こそは修理の見物をさせてもらいますっ。あわよくば、弟子入りです！」

少女は前々から魔導技師という職種に興味があった。というか、魔導全般に興味があるのだが、第三身分《コモンズ》で紋章魔導などを操《あやつ》る魔導士になると、ライバルが第一身分《ファウスト》や第二身分《ノブレス》になる。資格の取り扱いが厳しいわりには仕事先がないという悲しい職種で、せいぜい冒険者ぐらいにしかなれないのが第三身分《コモンズ》の魔導師だ。

しかし魔導技師は違う。生活導器を扱う技師は第三身分《コモンズ》の日常にも密接に関《かか》わっており、華々しさはなくとも需要が途切れることはない。素材を組み上げ、紋章を調整する技師は、裏方ながら第三身分《コモンズ》が魔導に関わることができる数少ない職だ。

近所ということもあって、これから向かう工房は常連だ。寡黙な男性の魔導技師がいるところで、うっとうし気にされつつも弟子入りの布石のため、めげずにまとわりついている。

今日とて、いきなり弟子入りはさすがに無理でも、せめて今回の暖導器の故障の原因と直し方くらいは教わろう。少しずつ技術を学んで、なし崩し的に弟子のポジションに収まるのだ。

完璧な計画である。疲れで白い息を乱しながらも、気合とともに進んでいた先で、ひときわ大きな声が上がった。

「号外、号外だよー！　大ニュースが――あ、ちょ、ま、並んで……並べって……！　順番が……ああ、クソッ。面倒くせぇから持ってけオラァ！」

なにかよほど興味を引く内容だったのか、道行く人が我も我もと群がった。予想外の人数にいちいち配るのを面倒くさがった新聞配達の少年が、号外をばあっと宙にばら撒《ま》く。

運が悪いことに、宙にばら撒かれた紙面が一枚、少女の顔に覆い被さる。

「わぶっ」

とっさに首を振るも向かい風のせいで顔面にへばりついたままはがれない。しぶしぶ立ち止まって暖導器を地面に置き、紙面を顔からひっぺがす。

『東の大国グリザリカ王国、第四思想による革命的な身分制度改革を宣言』

自分の足を止めた号外がどれだけ大ニュースなのかと一瞥《いちべつ》してみれば、センセーショナルな見出しだった。グリザリカ王国は大陸の中でも有名な国だ。東でもっとも大きな国だし、千年以上続く数少ない由緒ある国家である。そんな大陸有数の大国が犯罪者に与《くみ》するなんて、大ニュースだ。号外を配るのも納得である。

悔しくも興味を引き出されてしまった少女は、立ち止まったまま続きに目を走らせる。

『聖職者である第一身分《ファウスト》を排し、第二身分《ノブレス》の王侯貴族も順次解体。すべての人に、すべての職種を解放し、魔導禁忌の項目も独自に見直すという。『第四《フォース》』の新たな総督サハラとともに、聖地崩壊の主犯『陽炎の後継《フレアート》』メノウの保護を王家が宣言した』

「『第四《フォース》』に『陽炎の後継《フレアート》』だなんて……ただのテロリストじゃないですか！　なにを考えてるんですか、あの国は！」

『第四《フォース》』総督と『陽炎の後継《フレアート》』。この二人は、北まで知られているほどの大悪党だ。

第三身分《コモンズ》の間で特に話題となっているのは『第四《フォース》』総督のサハラである。一時は分断されて小規模なテロリスト集団と化していた『第四《フォース》』は、彼女を新たなリーダーに据え置くことで活発化している。いままでは各地に分散していた思想集団だったのが、グリザリカ王国を本拠地にして積極的に連携し、一つの国際組織として成長しつつある。

聖地を一時的に崩壊に導いたという大犯罪者の『陽炎の後継《フレアート》』にしたって、数か月前に異端審問官と大規模な戦いを繰り広げたという噂《うわさ》が流れた。中央大陸と北大陸を隔てる内海を行き来する船が一隻だか二隻だか沈んで、あとはしばらくぱったりと紙面をにぎわせることがなくなったので死亡説が流れていたのだが、どうやらグリザリカ王国に潜伏していたらしい。

ぷんすかとしながらも、どうせよそ事だ。本気で腹を立てているわけではない。

中央大陸と北大陸は、ほとんど内海で分断されている。かろうじて細い陸路で繋《つな》がっているものの、北大陸の住人にとって、グリザリカ王国は未開拓領域と海を挟んだ遥《はる》か東にある国という認識だ。ぼったくりだとしか思えないほど高い値段をむしり取られる航路を通らなければ行くことができないため、身近に感じることもない。

大ニュースをゴシップとして楽しんだ彼女は、号外をポイ捨てすることなく折りたたんでポケットにしまう。休憩は終わりだと、よいしょと導器を抱え直して歩く。

ほどなくして目的地の工房にたどり着いた。

工房の軒先に吊《つ》るしてある飾り気のない看板には季節外れのトンボが留まっている。まだ雪も残る季節でよく生きているものだと感心しながら、暖導器を抱えたまま開けっ放しになっている工房の店先に入った。

「おじさーん、暖導器の修理を――」

呼びかけた声を、途中で引っ込める。いつもは店先で導器をいじっているぶっきらぼうな技師の姿がない。店の奥にいるのだろうかと勝手知ったる足取りで中に進むと、作業場のほうから声が聞こえた。

順番待ちになりそうだ。どのくらいの待ち時間になりそうか、こっそりと耳を澄ます。

「もう二度と来ないはずだったんじゃないのか？　まさか観光でもないだろう」

「意外と、そのまさか。『星骸』には興味深々なの。観光ついで、腕のいい技師の顔は忘れられないみたいで足が向いたのよ」

「世辞はやめろ。俺程度の技術者なんて、珍しくもない。少なくとも、お前ほどの人間がここに来る理由にはならないだろう」

いつもは無口な男性の技師が、珍しいほどに饒舌《じょうぜつ》である。しかも声からして、相手は若い女性で間違いない。

これは、もしや、ただならぬ仲の相手では。

思春期にふさわしい好奇心に駆られた少女は、開いた扉の隙間《すきま》から中を覗《のぞ》き見る。

作業部屋で馴染《なじ》みの技師と話しているのは、黄色のケープマントを羽織った平凡な顔の女性だった。ロマンティックな相手を期待していた少女は、なんとなくガッカリする。

「それに、いまの東の話はあなたも興味があると思ってね。どう？」

「……以前の装備とまったくの別物だな。いまの東じゃ、こんなものがありふれてるのか？」

「私の装備は特注だから、さすがにありふれているっていう代物じゃないわね」

どうやら導器に関する話のようだ。技師が女性から見せてもらっていたらしいなにかを手渡す。特殊なグリップの刃物に見えたが、詳細はわからない。魔導技師を目指している端くれとして、興味をそそられた少女は聞き耳を立てる。

「いまは技術規制を解除して、技師たちが試行錯誤している段階よ。禁忌にも二種類あるのは知っているでしょう？」

「常識だ。純粋に取り扱いが危険な概念系統。もう一つは、人類の発展を恣意《しい》的に抑え込むための技術規制だな」

「正解。いまの東は、後者を少しずつ解除しているだけよ。原罪概念が筆頭の危険な禁忌はそのままね。人倫にもとる技術者は東でも犯罪者よ」

「人倫の基準がなんなのかは知らないが……聞いている通りだと、やっぱり技術屋にとっちゃ天国だな。第一身分《ファウスト》は技術占有が過ぎる。あんたのおかげで、腕のいい奴《やつ》らは――」

会話のさなか、不意に女性が口元に人差し指を立てる。

静かにというジェスチャーに倣《なら》って、技師が口を閉ざす。女性の視線を追って扉の隙間に顔を向けた彼は、覗き見をしていた少女の瞳《ひとみ》を発見した。

「し、失礼します」

少女は覗き見がバレてしまったバツの悪さを抱えたまま、工房の作業室に入る。

先客である女性は少女の存在に気を害した様子もなく技師に問いかける。

「常連のお客さん？」

「お、おお。近所に住んでいる子供だ。……どうした」

「は、はい。ええっと、暖導器の修理を頼みたくて」

抱えた導器を差し出しながら、ちらりと女性に目を向ける。どことなくうろたえている技師とは違い、余裕ある雰囲気の彼女はなにも言わず、少女に微笑みを返す。

なぜか、どきりと心臓が跳ねる。

不吉の予感に似ながらも、胸にざらつく不快感はない。まだ少女が経験したことがない感情で、彼女は自分の胸をざわめかせた心に名前を付けられなかった。

「そうか。そこに置いておけ。三日後に取りに来い。料金はその時でいい」

「はい……」

少女は言われた通り、おそるおそる導器を床に置く。なんとなく女性の動きを目で確認するが、彼女は口元に優しい笑みを湛《たた》えたまま少女の動きを静かに見守っているだけだった。

故障した暖導器を置いた少女は、ぺこりと一礼をして作業室から退室する。部屋の扉を閉める間際《まぎわ》に女性の姿を確認すると、彼女の視線は少女をじっと見据えたままだった。

「……っ」

少女は足早に店を後にする。

室内から外への温度差が、寒さを改めて彼女に自覚させる。なぜか、胸がどきどきする。背中に先ほどの女性の視線が張り付いている気がしてならなかった。いてもたってもいられなくなって、早鐘《はやがね》を打つ心臓にせかされるように小走りで家に帰ろうと路地へと曲がった矢先だ。

どん、と誰《だれ》かにぶつかった。

「ご、ごめんなさ――ひっ」

自分の不注意を謝罪しようと相手の顔を見て、喉《のど》の奥で悲鳴を上げるのを抑えられなかった。

少女がぶつかったのは、異様な雰囲気をした神官たちだった。

数は四人。神官服は藍色が一人と、補佐の立場を示す白服が三人。寒さをしのぐためか、全員がフードの付いたローブをまとっていた。

「あの工房から、出てきたな」

前置きすることなく、先頭の神官が詰問《きつもん》してくる。頭にかぶっているフードからのぞく頬《ほお》に、大きな傷跡が見えた。

聖職者である第一身分《ファウスト》なのは間違いないが、少女の知っている教会勤めの優しげな神官たちとは明らかに雰囲気が違う。少女は、ふるふると首を横に振った。後ろ暗いことがあるわけではなく、ただ純粋に恐怖に駆られていた。

「中で、なにかを見たか」

再度、頬に傷がある神官が尋ねてくる。

やはり、声は出なかった。すごむわけでもない声音《こわね》が、どうしてか恐ろしくてたまらない。ほの暗く、無機質で、目を合わせると肌が粟立《あわだ》つ感覚が喉《のど》を締めつける。とにかく否定しなくてはという強迫観念のまま、少女は一心に首を横に振り続ける。

頬に傷のある神官は埒《らち》が明かないと目を冷たく細める。

「連行する。多少手荒になっても、この子供から聞き取りを――」

ざっという足音に、頬に傷のある神官の不穏な台詞《せりふ》が途切れた。

「こんばんは、市民の味方の神官さんたち」

親し気に神官たちへと声をかけたのは、技師と話していた黄色のケープマントをまとった女性だ。気配を隠すことなく現れた彼女に、その場にいる全員の視線が集中する。

「グリザリカから出てすぐに捕捉されたのはさすが、と言いたいところだけど……いま、聞き逃せないセリフを聞いた気がするわ。『連行する』とか、なんとか。気のせいよね？」

先ほどまで工房にいたはずの女性が、こちらに近づいてくる。だが様子がおかしい。

近づくにつれて、彼女の顔の輪郭《りんかく》がブレていくのだ。

導力を引き込む接続部が悪くなった導力灯の明滅に似ていた。服装だけはそのままに、光でできた仮面が崩れて導力光が宙に溶ける。少女の横を通り過ぎる時には平凡な容姿だった女性の面相はなくなり、まったく別の顔が現れていた。

「仮にも第一身分《ファウスト》が、無辜《むこ》の第三身分《コモンズ》を尋問しようだなんて、ねえ？」

凡庸からは程遠い、美しい少女だ。黒いスカーフリボンで透き通った栗色の髪を軽《かろ》やかにくくっている。切れ長の目は芸術的な線を描いており、色素の薄い瞳の色をはっとするほど印象的なものにしていた。

導力の燐光《りんこう》で姿を変える不可思議な現象と、なによりも現れた顔を見て、少女はとっさに、自分のポケットに入れてあった号外の感触を確かめた。

　驚きで声を失う少女を置いて、正体を現した人物が神官たちに告げる。

「子供を泣かせるなんて、清く正しく強い神官の風上にも置けないわね」

　神官たちが放つ剣呑《けんのん》な雰囲気をものともしない彼女の顔は、少女も知っている。

「『陽炎の後継《フレアート》』」

　ぼそり、と頬に傷がある神官が呟いた通りだ。

『陽炎の後継《フレアート》』メノウ。

　聖地に大打撃を与えた咎《とが》で大陸全土に指名手配されている人物は、号外で見た姿よりもはるかに鮮烈な印象を少女に与えた。

「東から、ようやく出てきたか。北に来た目的はなんだ？」

「『星骸』の観光に来ちゃ悪い？」

「いいとでも思っているのか？　霧の封印から抜け出した『万魔殿《パンデモニウム》』の小指、第一身分《ファウスト》の管理下にあった『塩の剣』の喪失、そしてこの半年で起こった『絡繰《からく》り世《よ》』の魔導兵たちの統率――お前が四大人災《ヒューマン・エラー》に関わる度《たび》に、変化が起こる」

　藍色服の神官が、目深《まぶか》にかぶっていたローブのフードを取る。

「『星骸』に近づく目的は知らんが、これ以上、四大人災《ヒューマン・エラー》に関わらせるわけにはいかないな」

少女の耳に、『陽炎の後継《フレアート》』が息を飲んだ音がわずかに届いた。

「『教官《ティーチ》』……？」

「久しぶりだな。修道女だった小娘が、ずいぶんと名を上げたものだ」

顔をさらけ出した神官は、三十代後半と思しき女性だった。どうやら顔見知りだったらしく、『陽炎の後継《フレアート》』に動揺が走る。

「どうして、指導神官のあなたが現場に……修道院の指導は、どうしているんです？」

「貴様は知らないのだな。最悪の背信者を出した後、我々、処刑人の立場がどうなったかを」

「立場？」

その台詞で『陽炎の後継《フレアート》』は落ち着きを取り戻した。おかしなことを聞いたと、くすりと笑う。

「もちろん悪くなったでしょうけど、だからなんですか？　もともと立場なんてものはなかったでしょうに。最初から私たちは、いないもの扱いをされるべき暗部の存在。まさか処刑人の分際で、切り捨てられる覚悟もなかったんですか？」

殺意がたぎった。『教官《ティーチ》』と呼ばれた女性の背後にいた白服の神官たちが武器を抜き、教典を構える。『主』に仕える第一身分《ファウスト》の装備は、服まで含めて強力な紋章が施された導器だ。特に教典は、他の身分からはオーバーテクノロジーとしか思えない複雑で強力な魔導書となっている。

『教官《ティーチ》』と呼ばれた神官は背後の部下たちを手で制しながらも、『陽炎の後継《フレアート》』をねめつける。

「……裏切者が処刑人を語るなよ。誇れる行いではなくとも、我らが存在する意義はあった」

「ごもっとも。そこまでは否定しないわ」

相手の殺意に一言だけ答えた『陽炎の後継《フレアート》』が、黄色のケープを脱ぎ捨てる。

手配書に載っていた姿では神官服を着ていたが、聖地崩落を経て第一身分《ファウスト》から追われる立場になったからか、服装が変化している。黒い内着に藍色の上着を羽織っての、ホットパンツのスタイル。ハイソックスを吊り上《あ》げるガーターベルトが太ももに食い込み、すらりと伸びた美脚に色気をもたらしている。

「意義に溺れて、『処刑人』を正当化しようというのなら賛同はしないけどね」

意識の違いを言い放った『陽炎の後継《フレアート》』が左太もものホルダーからグリップを引き抜く。

左手に握られたものを目にして、『教官《ティーチ》』の瞳が戸惑いに揺れる。

「導力銃、か……？」

「正解」

口に出しつつも、『陽炎の後継《フレアート》』が抜いたのがただの導力銃でないことは明白だ。

短剣の柄の部分が導力銃のグリップの形になっている短剣だ。自動的に使用者の導力を固め弾丸として高速で撃ち出すのが導力銃の機能だが、銃身がなければ使いものにならない。

奇妙な構造の意味は、『陽炎の後継《フレアート》』が短剣に導力を通すことで判明した。

『導力：接続――短剣銃・紋章――発動【導枝：銃身《バレル》】』

欠落していた銃身が、短剣に彫り込まれた紋章魔導の【導枝】によって構成されていく。導力の枝を変形させることで、グリップが付いただけの短剣が、見る間に輝く銃身を持つ導力銃へと変貌した。

神官たちが慎重に距離をとった。初めて見るタイプの導力銃の威力を見定めるためだ。

『陽炎の後継《フレアート》』が銃口を彼女たちに向け、発砲した。

『導力：接続――神官服・紋章――発動【障壁】』

放たれた導力の弾丸は、神官たちが発動させた【障壁】にあっさりと弾かれる。

導力銃は自動的に持ち手の導力を吸い上げ、弾丸の形に固形化する。引き金さえひけば導力が続く限り誰にでも扱えるという圧倒的な利便性があるが、同時に、すぐれた魔導行使者にはまず通じないという欠点もあった。

少量の導力を固めて放つ導力銃では、いまのように簡単な紋章魔導すら貫通できないのだ。導力量が豊富な者が肉体性能を上げる導力強化を施せば、弾丸が直撃したところで豆鉄砲ほどの威力にしかならないこともある。

いまも『陽炎の後継《フレアート》』が発砲した導力の弾丸は、神官たちが展開している『障壁』を砕くことができていない。銃身が特殊な形状をしていようが、通常の導力銃と変わらない威力なら恐れる必要はないと判断した白服が一人、先行して動いた。

「待て――」

唯一の藍色服である『教官《ティーチ》』の制止より早く『陽炎の後継《フレアート》』が動く。

導力銃の芯《しん》となっている短剣に導力が流され、刻まれていた紋章魔導に導力銃が呼応する。

『導力：接続──短剣銃・紋章──発動【迅雷】』

引き金をひくと、導力銃から【迅雷】の性質を帯びた弾丸が放たれた。

「ぎッ⁉」

ただの導力弾ならば導力強化で耐え切れると油断していた白服神官の一人が、凝縮された雷撃の弾丸の直撃に体を硬直させる。隙《すき》だらけの彼女のこめかみを、『陽炎の後継《フレアート》』のつま先が弧を描いて蹴《け》り抜いた。

鮮やかな脚線美の一撃に、白服神官が声も上げずに昏倒《こんとう》する。未熟な部下の脱落に『教官《ティーチ》』が舌打ちをした。『陽炎の後継《フレアート》』が構える特殊な導力銃は、紋章魔導を弾丸にして放てるのだ。侮っていい武器ではないと評価を改める。

「囲め」

一人欠けようとも、指揮を執る『教官《ティーチ》』は冷静だった。一言の指示に、残る二人の白服神官たちは応《こた》えた。その場からは動かずに教典を開き、魔導を構築する。

『陽炎の後継《フレアート》』が後退の気配を見せたが、『教官《ティーチ》』が許さない。右手でレイピアを引き抜き、刺突を繰り出す。近接戦を強いられた『陽炎の後継《フレアート》』は、右太ももにある短剣を抜いて受けた。

右手に短剣、左手に導力銃を持った変則的な近接戦。短剣を盾にレイピアをいなしながら、左手の導力銃を撃ち放つ。

『教官《ティーチ》』も心得たもので、表情一つ変えずに【障壁】で銃弾を弾《はじ》きながら鋭い刺突で急所を狙《ねら》う。一対一の近接戦は、ほぼ互角の様相を呈していた。

二人の違いは、味方の有無だ。

『導力：接続――教典・二章五節――発動【ああ、敬虔な羊の群れを囲む壁は崩れぬと知れ】』

白服二人が、多少の時間をかけながらも同時に教典魔導を発動させる。

淡く輝く導力光の壁が、『陽炎の後継《フレアート》』の前後にできあがる。強靭な防御魔導で路地の道をふさぐ形だ。近接戦で足止めをしている『教官《ティーチ》』は、右手でレイピアを操りながらも背中に回した左手に抱えている教典に導力を注《そそ》ぐ。同時にひと際《きわ》強く繰り出した刺突を相手に受け止めさせ、つばぜり合いに持ち込んで足を止める。

目まぐるしく変化していた戦闘が、停止する。後ろ手で導力光に輝く教典を視界に入れ、『教官《ティーチ》』の意図を察した『陽炎の後継《フレアート》』の顔に苦味が走る。

「……そこまで、しますか」

「いまの貴様とならば、相打ちとて金星だ」

『教官《ティーチ》』が吐き捨て、後ろ手に隠した教典魔導を発動させる。

『導力：接続――教典・三章一節――発動【襲い来る敵対者は聞いた、鳴り響く鐘の音を】』

教典から導力光の鐘が形成される。左右に建物が立ち並ぶ狭い路地。教典の防御魔導で前後をふさぎ、最後に上を範囲攻撃の魔導で覆った。

完全な包囲だ。『陽炎の後継《フレアート》』に逃げ場はない。教典を持たない彼女では、防壁を砕けるほどの魔導を放つこともできないはずだ。

そして、魔導を発動させた『教官《ティーチ》』当人も魔導の効果範囲にいる。

「もろともに死んで償《つぐな》え」

相打ち覚悟の攻撃にさらされ、『陽炎の後継《フレアート》』は導力光に輝く銃口を天に向けた。

『教官《ティーチ》』は眉をひそめる。紋章魔導を弾として放ったところで、教典魔導を打ち破る威力にはならない。悪あがきにしても考え足らずだ。

「……三倍速」

『陽炎の後継《フレアート》』が小さく呟くと同時に、銃身を形成している【導枝】が変形する。めきめきと音を立て、より太く、無骨になった導力銃を掲《かか》げる彼女の中から異質な導力が引き出された。

『導力：接続──不正共有・純粋概念【時】──発動【劣化加速↓導力弾】』

導力銃の引き金がひかれた。

重低音の発砲音が、大気を打ち鳴らした。導力銃から放たれた弾丸が、いままでにない回数と速度で教典魔導の鐘を粉みじんにする。

魔導現象の残光が降《ふ》り注ぐ。

導力銃で教典魔導が打ち破られるという異常事態に、まだ見習いの立場である白服たちが硬直してしまう。唯一、なにが起こったか理解した『教官《ティーチ》』も、驚愕《きょうがく》に目を見開く。

「バカな……」

未熟な白服や観戦しているだけの少女には知るよしもないが『教官《ティーチ》』だけは見抜いていた。

いまのは、純粋概念だ。

純粋概念は、この世界に召喚された異世界人にのみ行使できる魔導だ。『陽炎の後継《フレアート》』が使えるはずがない。

そのことをよく知っている『教官《ティーチ》』の動揺は大きかった。一歩、二歩、よろりと後ずさる。

「お前、なにをした……？　どんな禁忌に手を出せば、純粋概念など――！」

愕然とした忘我が、怒りに変化する。いままで、どのような禁忌に踏み込んだ人間であっても、この世界の人間が純粋概念を身に着けることはなかった。

東部未開拓領域踏破者のゲノム・クトゥルワ。堕《お》ちた大司教『竜害平定者』オーウェル。現代を代表する魔導行使者でありながらも禁忌に手を染めた彼らはもちろんのこと、人類の絶頂期である古代文明までさかのぼっても、この世界の人間が純粋概念の魔導行使に成功したという記録はない。

それなのに、『陽炎の後継《フレアート》』は見せつけるように純粋概念の魔導を行使した。

「ありえない……なにを、犠牲にした⁉　どれだけの代償を支払えば、この世界の人間が純粋概念など操れるようになる！」

「……親友を」

冷え冷えとした声で自分が失ったものを短く答えた『陽炎の後継《フレアート》』は、輝く銃口を向ける。

「だから、この【時】を懸けて、あの子を取り戻すのよ」

『教官《ティーチ》』に狙いを定めた銃身が、さらに巨大に変形する。紋章魔導【導枝】で構成されているからこそ、『陽炎の後継《フレアート》』が扱う導力銃は自在に形を変える。

「五倍速」

告げられた言葉に、『教官《ティーチ》』の顔色が変わる。

『陽炎の後継《フレアート》』の銃身が【導枝】でできている本当の理由を悟る。純粋概念を付与することで加速する弾丸の威力に、並みの銃身では耐えきれないのだ。端から銃身部分は消耗品と割り切り、加速した弾丸を放つ度に適した形になるよう導力操作で変形させている。

発砲直前の『陽炎の後継《フレアート》』の言葉を信じるのならば、先ほどの導力銃の銃弾を『三倍速』で発射させることで教典の攻勢魔導が蹴散らされた。それ以上の威力で弾丸が放たれれば、教典の防御魔導すら貫かれる恐れがある。

「くっ」

『導力：接続――細剣・紋章――発動【刺突：拡張】』

もはやあの導力銃は、教典魔導よりも恐ろしい代物だ。発射を止めなければと速度重視でレイピアに刻まれた紋章魔導を発動し、前のめりにレイピアを突き出す。紋章魔導によって拡張された刺突が導力光の刃となって『陽炎の後継《フレアート》』に迫る。

だが、導力銃はオトリだった。

教典魔導を砕く導力銃の威力を見せ札にして焦《あせ》りを引き出した『陽炎の後継《フレアート》』が、するりと前に出る。刺突をかわして一気に距離を詰めると同時に、右手に持った短剣に導力を流す。

『導力：接続――短剣・紋章――二重発動【導糸・疾風】』

紋章魔導を発動。噴出する風を味方にした短剣の投てきに、白服の片方が肩を貫かれる。部下たちの援護を前提としていた『教官《ティーチ》』は、接近戦への対応に一瞬だけ遅れた。

それが、致命的な遅れとなった。

レイピアの引き手よりも早く間合いを詰めた『陽炎の後継《フレアート》』が銃身をみぞおちに押し付け、ゼロ距離での発砲。【障壁】の紋章魔導を展開するいとまもない。いくら導力強化をしていようとも耐えきれない衝撃に、『教官《ティーチ》』の意識が刈り取られる。

「よくも――！」

「遅い」

リーダーを倒された白服二人がいきり立つが、実力差は明白だ。『陽炎の後継《フレアート》』は相手が反応すらままならない動きで、短剣の柄を側頭部にたたきつけて気絶させる。

『陽炎の後継《フレアート》』の勝利だ。傷の一つもなく戦闘を終えた『陽炎の後継《フレアート》』が身をかがめる。

ケープマントを拾い上げる動きの途中で、不意に、へたり込んでいた少女へ顔を近づけた。

「ケガは……ないわね」

「は、はい」

「よかった。でも怖かったでしょう?」

彼女が、にこりと笑う。

近くで見ると、顔の造作がはっきりとわかった。瞳を縁取るまつ毛が長い。骨格からして顔が小さい。相対的に瞳が大きく見える。『陽炎の後継《フレアート》』がびっくりするほど美人だということを改めて認識して、いまさらながらに心臓がどきどきし始める。

そんな少女に、彼女は人差し指を伸ばして、ちょんと鼻をつつく。

「これからは、好奇心で私みたいな悪い人間に関わっちゃダメよ?」

脅しをかけるというには、彼女の態度はあまりにもやさしく、美しかった。

返事もできずにいる少女にもう一度微笑みかけ、『陽炎の後継《フレアート》』はそこから立ち去る。

現場に残された少女は、ぽうっと上気した顔で立ち上がる。

路地裏の闘争。神官と指名手配犯の戦い。普通では関わることのない非日常を体験した心臓はとくとくと小刻みに脈打って、頬は風の寒さをものともしない熱を帯びている。

気が付けば、無意識に歩き始めていた。家に帰る道ではない。興奮に突き動かされた少女の足は、自然と技師の工房に向かっていた。

店の中に入ると、技師はちょうど少女が置いた暖導器をしまっているところだった。

「……どうした。なにか忘れものでも――」

問いが終わるよりも早く少女は彼に向かって、がばっと頭を下げる。

「弟子に、してくれませんか！」

「お、おう？」

突然の懇願に、技師は目を白黒させる。

「どうした、いきなり」

「だって！」

顔を上げた少女は、勢い込んで動機を告げる。

「ここで働いてたら、さっきの人っ、また来るかもじゃないですか！」

きらきらと目を輝かせる少女の主張を聞いて、技師が真顔になった。

「悪いことは言わないからやめておけ」

「やめません！　弟子になります！　これからよろしくお願いします、親方！」

「誰が親方だ。おい、本当にやめてお……や、やめろ。縋《すが》りつくな！」

「やめませんー！　弟子にしてくれまで！　絶対にぃ！　絶対にやめませんから！」

必死に引き離そうとする魔導技師に、全力でしがみつき続ける少女。

『陽炎の後継《フレアート》』が師弟となった彼らを見て目を丸くするのは、また先の話である。

空には、途方もない大きさの白濁球が浮いていた。

大小さまざまな白濁球が、中心にある一番大きな球体の周囲で円周軌道を描いて動いている。惑星系に近い形で空を運行している球体は、重力に逆らって浮遊することなどできるはずもない質量だ。一番小さな球体が一つでも落下すれば、町を一つ丸ごと潰《つぶ》してしまえるだろう。

小さな宇宙が頭上に広がっているかのような光景は、圧巻の一言だった。

「『星骸』、か」

路地裏の戦闘で神官たちを一蹴した少女――『陽炎の後継《フレアート》』ことメノウは小さく空に浮かぶ存在の名前を小さく呟く。

世界に癒えぬ爪痕を残した四大人災《ヒューマン・エラー》に列挙される、巨大な球体群。圧倒される存在でありながらも、観測されてからは世界になに一つ被害をもたらしていない。他の三つと比べれば安全性ははっきりしており、古代文明を滅ぼした人災《ヒューマン・エラー》の跡地でありながら無害とされている。

けれどもあれはかつて間違いなく、北大陸の中央部をくり抜くという大災害を起こした。

メノウはそれを、純粋概念の暴走――異世界人の人災《ヒューマン・エラー》化による被害だと認識していた。

だが、その認識はこの半年で覆《くつがえ》った。

千年前の生き証人から聞いた話によると、空に浮かぶ白濁球『星骸』は巨大な兵器なのだという。

　この世界の最盛期たる古代文明期にあって、異世界人の力すら超える機能でもって世界の抑止力となるべく開発された戦略級魔導兵器。星を削り、骸《むくろ》と変えることのできる魔導現象を発動させるからこそ『星骸』という名前が付けられた。

　どうして、そんなものをつくろうと思ったのか。

「どんな気持ちだったんでしょうね、未来が視えるって」

　最優最知の純粋概念【星】。『星骸』の開発者である千年前の人物に思いを馳《は》せていたメノウは、上空を仰《あお》いでいた顔を前方に向ける。

　人災《ヒューマン・エラー》を超える兵器として開発された魔導兵器ならば、シラカミ・ハクアを殺せる一手となりうる。自分と同じ顔をした因縁の相手を思い出しながら、メノウは町の外へと向かっていた。

　『教官《ティーチ》』たち処刑人と戦ったことで、メノウの場所は割れてしまった。彼女たちが目を覚ましたら、すぐに報告がされるだろう。もしメノウが彼女たちを始末していても同様だ。定期報告がなされない時点で、第一身分《ファウスト》は異常を察する。

　ならば、わずかな時間稼ぎのために殺す必要もない。

「もう処刑人でもないものね」

　白い吐息を零《こぼ》しながらも、メノウの心には動揺も後悔もない。助けられる人間は助けるし、殺さないですむなら殺さない。自分が有利になるためだけに人を殺そうとは思わなかった。

いまは眠っている親友が起きた時、笑顔で「おはよう」と言うために、恥じない自分でいる。

「……きっと、間違ってないわよね、アカリ」

答えを求めても、誰かが丸とバツに振り分けてくれるわけでもない。

正しさと間違いを抱えながら町を出ると、ゴーグルをかけた女性がメノウを待っていた。褐色の肌をした二十歳前後に見える彼女は、友好的に手を振ってメノウを迎える。

「やっほー、メノウちゃん！」

腰まで伸びた薄紫の髪が、ふわりと風に持ち上げられる。若々しくも落ち着いた面立《おもだ》ちをした蠱惑《こわく》的なほど美しい女性だ。縦じま模様が入ったパンツスタイルに、上半身は極端に裾《すそ》の短いジャケットを羽織っている。北の寒冷などものともしないと、惜しげもなく褐色の肌をさらした薄着だ。むき出しになっているへそ周辺にはお洒落《しゃれ》なのかトレードマークなのか、歯車が描かれていた。

「見てたよぉ。戦闘なんて避けるべきなのに、通りがかりの女の子を助けてあげるだなんてさ」

暴力的なほどグラマラスで官能的な曲線の肉体を持つ彼女が、やたらと子供っぽくにぱっと笑って両腕を広げる。

「メノウちゃんはやさしくて偉いよ！　さあ、ご褒美におねーさんの胸に飛び込んできなさい！　ぎゅってして、いい子いい子してあげる！」

「はいはい。しなくていいわよ、アビィ」

「えぇー、しないのぉ？　甘やかして癒してあげるのに？」

アビィの手を潜り抜けると、露骨にがっくりと肩を落とす。半年前、聖地から逃亡している
メノウたちの前に現れたのが、アビィと名乗った彼女だ。一見すると言動がちょっと変なだけ
で、とびきり美人の女性としか思えないが、彼女はそもそも人間ではない。

四大人災《ヒューマン・エラー》の一つ、『絡繰り世』が生んだ魔導兵にして人類の上位互換とも呼ぶべき知性体なのだ。

「正直、あなたの年下主義は意味不明すぎてさっぱりわからないの」

「おねーさんには全世界の年下をいい子いい子して甘やかす義務があるんだよ？　だって世界は年下で回ってるんだよ？　やっぱり年下を尊重するのは義務だよ！　わかるでしょ⁉」

「率直に言ってドン引きよ。サハラもかなり怯《おび》えていたもの」

ジト目で告げるも、アビィはへこたれない。同性異性関係なく視線を集めること間違いなしに膨らむ胸元に手を当てて熱弁する。

「でもメノウちゃんだって、おねーさんを頼りにしてくれてるじゃない！　ほーら、やっぱりいっぱい甘えるべきだよ！　レッツ、スキンシップ‼」

「頼りにしているというか、ほら……アビィって便利じゃない」

「あうっ、年下からの便利扱い……悪くないよね！　便利なおねーさんのこと、たくさん使っ

てくれていいよん！」

「なにか寒気がするから、できるだけ頼らないように努力するわ」

アビィがサハラに引っ付いて登場してから、はや半年。性能面以外のアビィの評価は下降真っただ中である。謎の年下主義過激派を掲げる彼女がメノウたちに協力している理由すら『ハクアという年上と戦っているから』なのだから筋金入りだ。

「それと、まだトンボが成虫になる季節じゃないわ。選んだほうがいいわよ、偵察の種類は」

「あー……そっか、有機生命体は生存サイクルが季節性に作用されるんだっけ。まだ慣れないんだよね。こっちの環境に」

失敗失敗、と頬をかく。

アビィの伸ばした指先にトンボがとまる。遠目ではまずわからないが、よくよく見れば、歯車などの小さな素材と部品が組み合わさった無機物だということがわかる。

極小だが、れっきとした魔導兵だ。魔導細工の蟲は、彼女の褐色の肌に潜り込む動きで同化して姿を消す。

アビィが行使している魔導は、メノウが扱っている魔導とは系統が違う。

原色概念。

この世でもっとも純粋な色の素材、赤、青、緑の三原色の物質を発生させ、自由に組み合わせることで世界の色のすべてを表現できる驚異の魔導。存在しないはずの空間を造り、世界を拡張する創造主にもっとも近い概念系統だ。

「それで、おねーさんがあげた導力銃はどう？　さっそく実戦で試せたみたいだけど、調整いりそう？」

「いまのところ、このままでよさそうね」

ぽんぽんと、左脚に納めている短剣銃をコート越しにたたく。もとはメノウの育て親『陽炎《フレア》』が使っていた紋章短剣だ。紋章の機能を残したまま、導力銃としての機能を付与する改造を施してある。

「導力銃としての機能は問題ないし、短剣の紋章ともしっかり組み合わさってくれてるわ」

聖地で導師《マスター》『陽炎《フレア》』と決着をつけて、半年余り。メノウには大きな変化が訪れていた。

塩の大地でメノウはアカリと導力接続をした。以来、彼女の導力を共有できるようになり、扱える導力量が跳ね上がったのだ。しかも、強化されたのは導力量だけではない。

メノウは、本来ならば異世界人しか扱えないはずの純粋概念を行使できるようになった。

導力接続によって魂を相互につなげることは、その相手と同一人物になることに等しい。アカリと魔導的に同一になったからこそ【時】に干渉できるようになったが、純粋概念の制御は導力操作に優れるメノウをして困難を極《きわ》めた。

この半年の試行錯誤で、短剣を改造して特注の導力銃を持つという答えにたどり着いたのだ。

「純粋概念の制御も、いまのところは問題ないわね。これなら精神が飲まれる心配はなさそう」

「ふふーん。おねーさんの作品ですから！　そんじょそこらの導力銃とは出来が違うよ！」

導力銃は持ち手の導力を自動的に引き出して弾丸として射出することができる。その特性にメノウは目を付けた。

メノウに合わせて改造した導力銃を間に挟むことで、アカリとつながった経路から純粋概念を自動的に引き出す。そうすることで、【時】の魔導制御のみに集中することができるのだ。

「それより、移動するわよ。第一身分《ファウスト》と戦闘したからには、私たちがグリザリカから北大陸に入った情報が流れるわ。追手が来る前に振り切らないと」

「はいはーい」

アビィの手が、真っ青《まさお》な導力光を帯びた。

彼女は発光する手のひらを下腹部に描かれた歯車の印に当てる。

『導力：素材併呑――原色理ノ青石・内部刻印魔導式――起動【原色ノ青・捌脚騎虫】』

アビィの内部から引き出された物質が、ごっ、ごっ、っと八回分の音を重ねて地を鳴らし、導力光を照り返すメタリックな極太の脚が降り立つ。

「さ、メノウちゃん。乗って乗って！」

真っ青《まさお》な装甲を持つ蜘蛛の上に乗ったアビィが、朗らかに手招きする。

東部未開拓領域で生まれる三原色の魔導兵は、人類以外で唯一の知的生命体であり、生まれながらにして高度な魔導技師でもある。彼女たちは誰に学ぶ必要もなく、独創的な導器を生み出す。自分が成長する過程で取り込んだ素材を体内で組み合わせて排出することで、人間とは比べ物にならない精度と速度で一点ものの導器をつくれるのだ。

この半年で東部未開拓領域『絡繰り世』に足を踏み入れ、アビィの案内で数か月の旅をしたからこそ、メノウは、彼らの創造性の恐ろしさを実感している。

「おねーさんは後ろに乗るから、メノウちゃんが運転してね。自律駆動も設定すればできるけど、ちゃんと外部からの導力操作で命令入力できるようになってるから。この子の導力炉を動かす素材も、おねーさんが補給するよ！」

「本当に便利よね、アビィって……うん。やっぱり、できるだけ頼らないようにするわ」

「えぇー？　依存してくれないなんて、おねーさん、悲しいなぁ。しくしく。メノウちゃんって自立しすぎてて、甘やかしがいがないよね。でも、そーいう子ほどさ、おねーさんがいないとにっちもさっちもいかなくなるぐらい甘えさせたい！」

メノウが搭乗すると、ぎゅーっと後ろから抱き着いてくる。彼女の感触は人のものと変わらず、身に秘めている膨大な質量と導力を感じさせない。完全に近い擬態だ。

蜘蛛型の魔導兵が脚を動かす。姿勢制御が優れているのか、意外にも、ほとんど揺れはない。

目指す方向は、上空にある『星骸』のもっとも巨大な中心核だ。

「この半年で準備は整ったわ」

大陸で巨大な権勢をふるう『主』、【白】の純粋概念の持ち主、シラカミ・ハクア。

彼女に対抗するための最低限の足掛かりとして、グリザリカ王家の末姫であるアーシュナと協力し、グリザリカをハクアの手の及ばない国家へと変革させた。

メノウは空に手を伸ばし、白い球体を摑《つか》むように、ぐっと手のひらを握りしめる。

あの白濁液の中にこそ、メノウたちが求めるものがある。

「まずは私たちが取るわよ――『星骸』を」

北の空を遮《さえぎ》る白濁球。北大陸中央部を浮かべて彷徨《さまよ》う四大人災《ヒューマン・エラー》の一つにして、古代文明期の超兵器。空に浮かぶ巨大な『星骸』を奪取して我が物にすることが、北大陸に来たメノウたちの目的だった。

「うんうん、それはいいんだけどさ、メノウちゃん。北に着いたからには、相談したいことがあるんだよね」

「相談？」

彼女からの相談事など珍しいと聞き返すと、アビィが不意にゴーグルを取った。あらわになった瞳孔は恐ろしく澄んだ海色であり、人間ならば白目になっているはずの部分は真っ黒な色になっている。神秘的なほど美しい瞳をさらしたアビィが、自分の影に手を置いた。

ずぶり、とアビィの手が影に沈む。見るからに不可解な現象に覚えがあるメノウは、まさか、と表情を凍らせた。

ひょいっと、猫でも持ち上げるような軽い動きでアビィが小さな幼女を影から引きずりだした。

「なんか付いてきてたんだけどさ。これ、どうする？」

そんな言葉と一緒に突き出されたのは、まだ十歳前後に見える幼女だ。胸元に三つの穴が空いたワンピースの上に白い着物を羽織っている彼女は、自分を引きずりだしたアビィにいかにも不満ですとほっぺを膨らませてぶーたれている。

「ちょっと。離しなさいよ」

「おねーさんだって、君のことなんか触りたくもないよ」

二人がなにか言い合っているが、仲裁する心の余裕はなかった。

「マヤぁ!?」

元『万魔殿《パンデモニウム》』小指、オオシマ・マヤ。

サハラとともにグリザリカに残してきたはずの彼女を見て、メノウは素《す》っ頓狂《とんきょう》な声を上げた。


メノウと処刑人たちとの戦闘があった路地裏。

まだ動けないでいる白服を『教官《ティーチ》』が介抱しているそこに、一人の神官が足を踏み入れた。

ありふれた茶色の髪を素っ気なくヒモでまとめた彼女には、飾り気が一つもない。左手には教典を抱え、背中にはシンプルな意匠の大剣を背負っている。切っ先が丸みを帯びた造りをしたそれは、大きさこそ規格外だが首を斬《き》るための処刑剣だ。まとっている神官服は足回りの動きを邪魔しないように改造されており、左腕には不思議と目を引く腕章を付けている。

第一身分《ファウスト》の中でも司法の一端をつかさどる役職である、異端審問官という立場を証明する腕章だ。

路地裏の光景を見た彼女は、苛立《いらだ》たし気に片目をたわめる。

「……この無能が」

傷ついている面々を助け起こすこともなく、鋭い目つきで神官たちを面罵《めんば》する。

「『陽炎の後継《フレアート》』の居所を知って先走った結果が、これか。せめて私が来るまで監視にとどめておく知恵もないのか？　戦うしか能がないというのにプライドばかり高いな、処刑人とやらは」

「ぐっ」

あまりにも一方的な物言いに『教官《ティーチ》』が歯噛みをする。

かつては処刑人として幾多の実戦を潜り抜け、第一身分《ファウスト》の神官としてもベテランの域にある彼女が、まだ二十歳手前に見える若造に叱責《しっせき》されたのだ。

あまりある屈辱だったが、反論はできない。許可を得ることなく襲撃をしながら、なんの成果を得ることもできずに敗北したのだ。先走ったというのも指摘通りである。

だが、独断専行をしてでも処刑人としての成果が必要だったのだ。

「存分に己の無能さを自覚できたのならば、今回の失態も糧《かて》になるだろう。これ以降、貴様ら処刑人は、私の指揮下に入ってもらうぞ」

冷え冷えとしたミシェルの言葉に、『教官《ティーチ》』が下唇に歯が食い込むほどに強く噛《か》む。

この半年、処刑人は冷遇される一方だった。果てに処刑人という立場すらなくなって、目の前の異端審問官の下部部隊として編入されつつある。

このままでは裏の立場を保ってきた処刑人という役職そのものが解体されてしまう。現状に危機感を抱いた『教官《ティーチ》』は自分に付き従う数少ない教え子を引き連れ、『陽炎の後継《フレアート》』を打倒することで自分たちの価値を示そうとしたのだ。

「ま、待て、無駄に負けたわけではない。先ほどの一戦で奴の目的が『星骸』であることも割り出し、未知数だった装備と能力も判明した。チャンスさえあれば、十分に勝機は――」

「判断するのは、お前ではない。むろん、私でもない」

諦《あきら》めの悪い主張を遮って、ミシェルは左手に持つ教典を見せつける。

「我らが『主』だ」

正論だ。第一身分《ファウスト》を動かすのは、教典に記された『主』である。

「処刑人などという無能どもに代わってこれからできるのは、私を中心とした『主』の直属部隊だ。その手足となって働けることを光栄に思え」

「私たち処刑人が、どうして、あんな輩《やから》と行動を共にせねばならない⁉」

あまりにも上からの言葉に、『教官《ティーチ》』は激情に突き動かされがまま口を開く。

最悪、処刑人が異端審問官の下部組織として扱われるだけなら我慢もできた。自分のプライドだけで指揮系統を乱すほど『教官《ティーチ》』は愚かではない。

彼女が耐《た》え難《がた》いほどに問題視しているのは、いま告げられた『主』の直属部隊とやらのメンバーの人選にこそあった。

「いやしくも我らは禁忌を狩る処刑人だっ。人類を守護するための第一身分《ファウスト》だ！　だというのに、あんな者たちを招きいれるなど正気の沙汰とは思えん！」

ここ半年で急激に頭角を現した異端審問官ミシェルを中心にした新たな部隊は、人員がおかしい。隊長に据えられたミシェルが二十歳になってもいなさそうな小娘であることには目をつぶったとしても、他の集めた人員が人員だ。

禁忌を狩るために、異端を集めた。

そうとしか形容しようがない人間で構成された部隊になっていた。第一身分《ファウスト》の慣習を無視した異動命令に、外部からの招聘《しょうへい》。それこそ、本来ならば処刑人が始末するべき存在すら混ざっている。いまは別行動をしているようだが、あんな連中が第一身分《ファウスト》に与して我が物顔でのさばっていること自体が耐え難い。

だがミシェルの表情に変化はない。

「……禁忌とは、なんだ」

「存在するだけで、甚大な被害を及《およ》ぼす連中のことだ！」

「違うな。『主』が定めた決まりごとより外れた者どもを、禁忌という。ゆえに我らが『主』が、是と言えば、あらゆる例外は許される」

言葉の通じなさに『教官《ティーチ》』が絶句する。

価値観が断絶している。そもそも『主』の言葉などというものは、上層部の総意をいいように聞こえる形にしているに過ぎないというのが普通の第一身分《ファウスト》の認識である。だというのに、ミシェルは『主』という個人がいるかのように振る舞っている。『教官《ティーチ》』からすると了見の狭い盲信者の類にしか見えない。

「大人しく協力する気はないのか?」

「……ないっ。第一身分《ファウスト》の端くれとして、あのような連中と肩を並べるなど、ありえないッ」

「そうか。ならば私の視界から消え失せろ。貴様は余生を、どこかの辺境にある教会でつつましく暮らせ」

暗に『教官《ティーチ》』を更迭《こうてつ》すると言い放って、踵《きびす》を返す。異端審問官の権限は処刑人に優越する。

だが『教官《ティーチ》』の瞳から反抗の色は消えない。

ミシェルの背中が消えるまでずっと、『教官《ティーチ》』は悪意を込めてにらみつけていた。

お母さんが、恋しくてしょうがなかった。

すでに自分が生きているのか、死んでいるのかすらわからない少女の頭にあるのは、郷愁だけだった。

あるべき五感がおろそかにされて、時折意識が覚醒《かくせい》してもすべてが鈍い。体が常になにかしら足りない状態にされ、霞《かすみ》がかった思考をまとめる力が出なかった。

まだ幼い彼女の体は搾取され続けていた。

異世界人である彼女の肉体は、研究者にとってよほど画期的だったらしい。

中毒、洗脳、忘却、自白、催眠。

人の精神と魂に悪影響を与えるありとあらゆる可能性を秘めているのが、彼女の肉体だった。

彼女の魂に癒着した純粋概念は、肉体そのものを浸食しているという稀《まれ》な性質を保持していた。

彼女の肉体を切り取り魔導調整を施せば、魔導行使をするまでもなく効力を発揮する魔剤が幾種類も完成すると研究者たちは興奮していた。

腕につながれた管から延々と採血が続けられ、時として肉体が切り離される。苦しみに叫ぶのも疲れて、倦怠感に囚《とら》われるのにも飽きた。死にたいと思う段階はとっくに通り過ぎて、彼女は自己の意識が肉体と乖離していくのを自覚していた。

なんとも悪いことに、彼女は死ぬことができなかった。

死亡と同時に発動する純粋概念の魔導が、彼女を生かした。ならば記憶がなくなれば、なにもわからないようになって人災《ヒューマン・エラー》になれると終わりを望んだ。

死んでは蘇《よみがえ》る度《たび》に記憶が消えて、やがてすべてをまっさらにできると安堵《あんど》した瞬間に――記憶が補填されてしまった。

一つしかない素体を人災《ヒューマン・エラー》化させるのは、彼女の純粋概念を研究する彼らの望むところではなかった。無制限の資材となっている彼女は、ひたすらに飼われ続けた。死ぬことも精神を失うこともできないと思い知らされて、ようやく絶望が始まった。

母親から引き離された世界は、地獄だった。

怨念が渦巻いた。怨恨が募った。怨嗟《えんさ》が唱和した。

負の感情が、彼女の魔導を新たな段階へと押し上げた。喜ぶ研究者たちの声を聴いて絶望した。諦観と怠惰すら、新たな原罪への入り口にしかならなかった。

そうして、どれだけ時間が経《た》ったのか。

目も耳も鼻も口もふさがれて、彼女が感じることができるのは肌から伝わる振動のみだった。

「ひどい……」

だから初めて聞く声にも、世界を認識することができなかった。彼女を縛っていた拘束を解除されても、五感が怯《おび》えてなにかを認識することを拒否していた。

新しく来たものが、また新たな地獄を開くのかもしれない。

だからこそ変化が恐ろしく、希望は絶望の前振りとしか感じられない。

「龍之介」

セーラー服を着た少女は怒りに震える声で、背後の男性に命令を下す。

「こんな施設、跡形も残すな」

「おう」

ずん、とひときわ大きく揺れた。

なにかが崩れる音と、地面がなくなる浮遊感。彼女は落下の途中で誰《だれ》かに捕まり、ぐいっと上昇する感覚があった。

次の瞬間、彼女は空を飛んでいた。巨大な、視界に収めることもできないほど巨大ななにかに乗って空を飛んでいるのだ。

彼女を乗せる存在は、絵本で読んだことがある。

龍《ドラゴン》だ。

地上に陰を落とす巨大な幻想生物が、男性が変化した姿だと知るのは少し後のことだ。彼女を背に乗せた【龍】が巨大な体を使って施設を崩していく。魔導兵器による散発的な反撃も、

【龍】の鱗《うろこ》を傷つけることはできない。

「遅くなってごめん」

外にいる。その実感に、初めて目が覚めた。自分が解放されたのだと、意識が追いついた。

見上げると、人がいた。

自分を研究していた人でなしではない。異世界にあって、己《おのれ》の世界がどこなのかと主張するかのように堂々とセーラー服を着た少女だ。

黒髪を風にそよがせる美しい少女の横顔は、凛としていた。

光に、涙がこぼれた。

「帰りたい……」

希望の象徴のような人を見て、とっくに尽きたと思っていた望みが口を突いて出た。

こんなところは、こんな世界は、もう、嫌だった。

ひたすらに閉じ込められ、ひたすらに搾取され続けた。そこから助け出してくれた少女にしがみついて、わんわんと泣き声を上げる。

「帰って、ママに会いたいよぉ……！」

無条件で自分を必要としてくれた母親のもとに、帰りたかった。

セーラー服を着た少女は、摩耶《まや》の頭を優しく撫《な》でる。

「うん。会いたい人が、待ってるよね」

忘れがたい記憶。

幾度も純粋概念を使いながら、いまだ魂にこびりついている思い出。

一度は人災《ヒューマン・エラー》に堕《お》ちながらも、再び思い出してしまった憧憬《どうけい》。

「一緒に帰ろう」

それが、いまからおおよそ千年前の話。

大志万《おおしま》摩耶が白上白亜《しらかみはくあ》に助けられた時。

「日本に、帰ろう」

まぎれもなく、彼女は彼女にとっての勇者だった。

二章

『万魔殿《パンデモニウム》』小指

夢の中で、メノウは目を開いた。

まず視界に入ったのは、ところどころワックスが剝《は》げて薄汚れた床だった。

ここはどこだと顔を上げてみれば、前方にある教壇に向かって個性なく統一された机と椅子が等間隔で並んでいる。メノウは寝起きの心地に似たぼうっとした思考速度のまま左右に視線を巡らせる。

ここは、日本の教室だ。

メノウが訪れたことは一度もないのに、なぜか懐かしさすら感じる心象風景である。

教室の席に座っている生徒はいない。真ん中あたりで、神官服姿のメノウだけが席についている。日本の教室には場違いで、違和感しかない姿である。とっくに神官ではなくなったのに、なんと未練がましいのだろうか。メノウは自分の神官服をつまんで自嘲《じちょう》する。

改めて前を見ると、黒板の前に人がいた。木製の教卓に立っている相手を見て、メノウは改めていまが夢だと確信した。

乾いた血よりも不吉に赤黒い髪を短く切りそろえた、長身の女性だ。教壇に立っていた神官服姿の彼女が、メノウを睥睨《へいげい》して口を開く。

「そう、これはお前が見ている夢だ」

心を読んだのか、それとも目の前の人物がメノウの心そのものなのか。

教壇に立つ女性、導師《マスター》『陽炎《フレア》』がいまここにある空間が夢幻であると断定する。

「前提として言うが、ここにいる私が導師《マスター》『陽炎《フレア》』本人の魂の残滓《ざんし》だということはない。一度たりとも導力を魂に触れさせなかった以上、私の魂がお前に混じっているということもありえない。ここにいる私は、お前の潜在意識が生んだ、虚像だ」

「はい」

彼女がメノウの夢に出るのは、これが初めてではない。

二十年に満たないメノウの人生の中で、もっとも尊敬して仰《あお》ぎ、もっとも頼りにしてしがみつき、もっとも恐れを抱いて挑戦し、最後にメノウの手で殺して埋めた相手だ。

『導師《マスター》』陽炎《フレア》は、この世を去った。

いま語りかけてくる彼女はメノウの願望であって、理想だ。導師《マスター》『陽炎《フレア》』は甘えを許さないという理想が、メノウに厳しい現実を突きつける。

「メノウ。なぜ、いまだに私が夢に出ると思う？」

「それは、導師《マスター》が私にとって――」

「違う」

夢の中での会話は、自問自答だ。自分の現状を客観的に浮き彫りにするために、メノウの無意識が導師《マスター》という影を利用しているに過ぎない。

「お前が私を殺したのが、トキトウ・アカリの意識が消失した後だからだ」

導師《マスター》との問答の間に、ぽつぽつと教室の席に人が戻る。

そこにいる彼らは、バラバラの制服を着ている。誰の顔にも覚えがあって、けれども、メノウは彼ら彼女らの名前を一人として知らない。名前すら聞く前にメノウが葬《ほうむ》った誰かなのだ。

「いま、こうしてお前を囲んでいる他のすべての殺人と違い、私を殺したという罪は、いま、お前しか抱えていない。トキトウ・アカリも知らない、お前だけの罪だ」

大陸の西端にある墓地で永久に眠っているはずの人間が、メノウの弱い心を指摘する。

「お前の罪は、本来、お前だけが背負うべきものだ。それは、お前に限らない。己《おのれ》の罪を許すことができるのは自分しかいない。結局のところ、罪の意識とは当人の問題でしかないからな」

メノウの罪。

禁忌を相手に戦い、始末した。処刑人として異世界から来た罪なき日本人を殺し続けた。メノウがやったことは理不尽であれ、不要ではなかった。事実として異世界人の能力は危険で、人災《ヒューマン・エラー》となれば町が滅び去るほどの災厄となる。

処刑人という役割には、確かな意味があった。

「だから、なんだという話だ」

導師《マスター》の言う通り、すべては言い訳だ。メノウの行いは、決して許されることではない。

「人を殺した罪とは、背負ったところで、なにをもってしても贖《あがな》うことができないはずのものだ。ありふれた言葉で表現するが、命とは、取り返しがつかないものだからな。だから私は、人を殺す私たちが悪人でしかないと教えた――つもりだった」

導師《マスター》『陽炎《フレア》』は生まれつき罪悪感を抱くことができない人間だった。

無垢《むく》の人を殺しても、友人を殺しても、弟子を殺しても自分の罪を自覚できない彼女は誰よりも処刑人にふさわしかった人間で、同時に他の誰よりも自分の心に失望し続けていた。死という概念に恐れを抱くことなく、人生において罰を受けることなく死んだ彼女は託すように、呪うように言葉を残したのだ。

次は、お前がやれ、と。

「お前は自分に、トキトウ・アカリという要素を同化させた」

西の果て。塩の大地でマスターと切り結ぶ前に、メノウは親友であるアカリと導力でつながった。本来ならば、できるはずがない導力接続を可能としたのは当時のメノウが持っていた魔導素材としての素質だ。

「普通、人間は同一になどなれない。だがお前とトキトウ・アカリは肉体・魂・精神という生命の三要素を導力接続させるという異能でもって、一時的にであれ同じ人間になった。罪を、分かち合うことができた。できてしまった。誰かと精神でつながり、魂の交感によって得た

『自分は一人ではない』という実感は、さぞかし充足感を与えただろう」

それこそ、メノウにとって生まれ変わるほどの目覚めだった。

「で、一度得た均衡が崩れた気分は、どうだ」

導師《マスター》の姿をしたメノウの客観は、容赦なく片翼をもがれた後に抉《えぐ》れた心の空虚を指摘した。

「お前が得た充実感は、一時的なものだ。あるいは、トキトウ・アカリが隣にい続ければ違ったかもしれないが、お前はあいつをモモに預けた。成長がないな。一人でなにかができるつもりか？」

「私は、私の道を進みます。この半年間でも、アカリを救うため、ハクアを倒すための要素は手に入れました」

第一身分《ファウスト》の『主』にして最強の異世界人、シラカミ・ハクア。

千年の執着にとり憑《つ》かれて、アカリとともに元の世界に帰ろうとしている彼女は危険人物でしかない。彼女に抗うために、メノウはこの半年で、アーシュナとともにグリザリカを対抗勢力として擁立した。集団の力を得たいま、『星骸《せいがい》』という個の力を求めて北に来た。

間違っていないはずだ。ハクアと戦うのには、最低でも第一身分《ファウスト》という権勢に対抗する必要がある。ハクアというあまりにも強い能力に対抗する力がいる。

だが同時に、あまりにも多くの人々を巻き込む選択であったことも自覚している。

「そのまま進む道に、なにがある？　お前はかつて、私の後ろをついて歩いていた。その道ですら、お前にとっては過酷だった。人生を分かち合ったトキトウ・アカリもいない。全幅《ぜんぷく》の信頼を置くモモもいない。たった一人のお前は、その先に進めるのか？」

「行けます。目指す先が、見えていますから」

「バカめ」

赤黒い髪をした彼女は、くはっと大きく口を開けて笑う。

「私が死んだ先の道を行こうとも、見たことのない地獄が切り開かれるだけだ」

ふと顔を上げると、教室の席はいつの間にか埋まっていた。

日本から来た異世界人『迷い人』。

改めて教室を見渡す。かつての夢と違って、ここにアカリの姿はない。メノウを許してくれる存在はなく、ひたすらにメノウの罪が並んでいる。

もはや、温かい空気などない。

なにも語らない周囲の人々が溶けていく。黒い粘度の高い液体となって教室に満ちて、メノウを沈めていく。

「力だけを求めたところで、ロクな結末にはならんぞ」

その言葉を最後に、メノウは沈みこむ感覚に身を任せる。

贖罪《しょくざい》にならないと知って、償《つぐな》いなんてできないことを承知して、彼らの残滓にまとわりつかれるままにされる。

地獄の先に、親友の笑顔をもう一度見られるのならば、それでいい。

だから、罰されることこそを望むように、メノウは身を縮めた。


魂が落ちるような心地が、目覚めの合図だった。

びくっと全身が痙攣《けいれん》して覚醒する。階段から足を踏み外していく感覚を全身で感じる起床だ。最悪の寝起きに、メノウは視線だけ動かして窓の外を見る。

カーテンの隙間《すきま》からのぞく外は薄暗い。朝の気配はしつつも、まだ日が昇っていない時間だ。

「……はぁ」

息を吐いて、胸元《むなもと》の布をつまむ。悪夢を見たせいで、びっしょりと寝汗をかいていたらしい。寝間着が肌に張り付いて、気持ちが悪かった。

「シャワー、浴びないと……」

メノウは、のろのろと立ち上がった。

いまメノウがいるのは移動後に到着した町の郊外にある屋敷の一室だ。大陸の各地に点在して用意されている潜伏所の一つで、もともと『第四《フォース》』のネットワークを構築していた『盟主』から引き継いだ。なぜか彼も、グリザリカ王国でアーシュナに協力していたのだ。

服を脱いで浴室に入ると、ぺたりとしたタイルの冷気が素足から背筋《せすじ》を駆け上がる。ぶるりと素肌を震わせる。蛇口をひねると、シャワーの熱い湯がメノウの顔に降りかかる。

まぶたを閉じて流水を感じれば、肌を打つ水滴に全身の輪郭《りんかく》が浮き上がる。首筋から丸みを帯びた肩へ滑り落ちた水は、形のいい胸から腰のくびれに伝わり、理想的な曲線を描く太ももから足先に流れて排水溝へと向かう。

寝汗を流すため、なによりも疲れをとるためにメノウは心地よい熱湯に全身を弛緩《しかん》させる。

――メノウちゃんって、本当にスタイルいいよね。

不意に脳裏《のうり》をよぎったのは、親友の言葉だった。

何度も繰り返してきた時間の一端だ。記憶が刺激されて、大陸の最南端にある港町リベールで大衆浴場に浸かっていた時の会話が連鎖的によみがえる。

――人の裸をまじまじ見ない。あんただってお風呂《ふろ》場で『胸がご立派ですね』とか言われたら、気分悪いでしょうが。

――むむっ、メノウちゃんにならいいもん！　さあ！　わたしの裸を見てどう思うか二百文字以内で述べてください！

――アホなの？

――アホです！

自分は演技をしているのだと思って、勢いだけでしゃべっているアカリの考えなさにあきれて、屈託《くったく》なく笑い合っていたあの時間が、どれだけ大切なものだったのか。

いまでは、よくわかる。

アカリが傍《そば》にいないというのに、未練がましくもいとおしい過去の記憶に浸ってしまう。

「……」

手のひらで、湯気に曇った姿見を拭《ぬぐ》う。光を反射する鏡面に映るのは、隠すもののない自分の裸身だ。武装をしていないありのままの姿は、細く、華奢で、ひどく頼りなく見える。

曇りを拭った鏡の表面で、メノウの目元から水滴が滑り落ちる。期せずして映し出された自分の心情に、自嘲が漏《も》れる。

「一人になると、すぐこれよ……」

自分の育て親とすら死闘の決着をつけたというのに、どうしてだろうか。『陽炎の後継《フレアート》』なんて呼ばれているメノウは、導師《マスター》『陽炎《フレア》』のような確固たる人間になれていない。

水を浴びようが肌をこすろうが、メノウには洗い流せない罪がこびりついている。

親友のアカリがいなければすぐに心が道を見失う。誰よりも頼りにしている後輩のモモがいなければ、強いふりをすることすらままならない。

時間の回帰はなくなった。幾度となくメノウの命を奪った導師《マスター》『陽炎《フレア》』という最大の障害を打ち倒すことで、繰り返され続けた三ヶ月を乗り越えた。

アカリの献身を知って、ようやく手をつないで、生まれて初めての親友ができた。

二人で乗り越えた先にあったものは『自分』という、どうしようもない絶望だった。

メノウは、千年前にこの世界に来た異世界人シラカミ・ハクアの再現を目指して人為的に作

られた存在だった。

別に、メノウ自身はいいのだ。けれども、自分に殺されていった人は、どう感じるだろうか。両親も故郷もない。自分が作りものでしかなかった。人もどきの自分が、人を殺し続けていた。処刑人ではなくなり、世界を守るためという大義すら失っている。

目を閉じれば、いつだって思い出せる。信じられないという顔をして、なにが起こったかわからないと茫然として、裏切られたと叫んで死んでいった、無辜《むこ》の人々だ。

昔の自分だったら、罪悪感に押しつぶされていたかもしれない。

けれどもいまのメノウには、彼らの怨嗟と絶望を知って、それでも成し遂げたい出会いがあった。

「……アカリ」

異世界から召喚された、たった一人の親友。血塗られた自分の人生に巻き込んでいい人間を、メノウは選んだ。選ぶことができてしまった。メノウが選ぶことを、アカリも選んでくれた。

魂から精神に流れ肉体を通して二人をつなげた導力接続は、アカリとメノウとの境界を撤廃した。導力接続によって自分の人生を分け与えた。自分が生まれ変わる体験だった。メノウは自分の足りない部分が補完されて、生きる道を見出した。

メノウは一度、アカリになったのだ。

記憶を共有して人生を分かち合ったアカリだけが、メノウの罪の重さを実感できた。純粋概念により記憶がすり減る恐怖を抱きながら時間を繰り返したアカリの勇気を、メノウは知ることができた。

メノウを生かそうと何度もやり直した彼女を助けるためなら、自分の全存在を懸けることにためらいはなかった。

いまメノウにある目的は、三つ。

ハクアを倒し、異世界人が来ない世界にして、アカリを助ける。

アカリと自分がいてもいい世界にして、自分たちは再び出会うのだ。

処刑人『陽炎の後継《フレアート》』と『迷い人』のなれの果てである人災《ヒューマン・エラー》としてではない。

ただのメノウと、アカリとして。

親友と笑顔で、手をつなぐ。あの温かい時間を取り戻す。

自分勝手な望みに、メノウの口元には笑みが浮かんでいた。

「意外に生き汚いわね、私も」

いつからこんなわがままになったのだろうか。一人で生きていけるようにと鍛えられたのが自分のはずだったのに、二人でと望む自分になっている。導師《マスター》の教えとは、ずいぶんと乖離してしまった。

「でも、それが私」

それでいい。

自分の矛盾を受け入れる。自分の思いに嘘をつかない。メノウはまだまだ生き足りない。この先どんなことがあっても、アカリと会うために生き続けるだろう。

シャワーの水を止めて、髪をかき上げて再び鏡に視線を向ける。

光を反射して映る自分が、挑戦するかのように、まっすぐ強い瞳《ひとみ》を向けていた。


「だからぁ――って言って――」

「――らない！　それなら――」

浴室から出ると、切れ切れながら言い合いの声が聞こえた。応接室のほうだ。離れているというのに、メノウがいる脱衣所にまで響く声で言い争っている。

その声に、昨日発覚したばかりの厄介ごとを改めて思い出す。

「もう、あの二人は……」

ほとんど会話は聞こえないが、どんな言い争いをしているのか容易に想像ができてしまった。

ケンカばかりしていたモモとアカリですら、なんだかんだと協力はできていたのに、あの二人は本気で仲が悪い。メノウはホットパンツと薄手のタンクトップの軽装で応接室の扉を開く。

「あーげーまーせーん。これはおねーさんがメノウちゃんに食べさせてあげるんですぅ。導力がばっちぃ異界につながっている年上チビッコにはあーげーまーせーんー」

「はあ？　ムッカつく。ていうか、そーんなこと言っていいの？　あたしは確かに弱いけど、アビィには負けないわよ？　原色概念なんて、あたしからすれば触れたら勝ちなんだから」

「ぐぬっ、なんて忌々しい……！　脅し？　これだから年上は嫌だね！」

部屋の中では、お皿に乗った茶菓子を上に持ち上げているアビィと、それに必死に手を伸ばしているマヤという、予想通りの絵面《えづら》が広がっていた。

『絡繰《からく》り世《よ》』を起源に発生した知性ある魔導兵。それがアビィの正体だ。彼女は人間相手ならば誰にでも不自然なほどに友好的だが、マヤとは相性《あいしょう》がよくない。ことあるごとに突っかかっている。

今回も応接室に置いてあったお菓子をアビィが先回りして取り上げていたのだろう。シャワーから上がったばかりの湯気をまとったメノウは、おやつを上に掲《かか》げているアビィの頭に軽くチョップを入れる。

「ふぎゃん！」

悲鳴が上がる。頭を押さえて震えているが、アビィの性能からすれば痛みを感じるはずもない程度の衝撃だ。

「ふ、ふへへ……年下からのチョップは、ご褒美ぃ……！」

「もうあなたは黙ってなさい」

ぷるぷるとした震えは痛み由来ではなく、歓喜ゆえのものだった。本当に、アビィはどうしてこんな思考回路をしているのか。この半年で数度踏み込んだ『絡繰り世』で他の原色知性体とも出会ったが、偏愛的な年下主義を掲げているのは彼女だけだった。

頭を押さえながら気持ち悪いことを言うアビィからお菓子を取り上げ、マヤに渡す。

「はい、どうぞ」

「あら、さすがメノウね。あたしのために、ご苦労さま」

「ご苦労さまって、あのねぇ、マヤ」

ソファーに座ったマヤがお菓子を口に放り込み、その甘さに相好を崩す。むふぅっと子供らしく満足している彼女の正面に座ったメノウは、彼女を叱るべく足を組む。

「昨日は移動を優先したから聞かなかったけど、あなた、どうやってここに来たの?」

そもそもマヤを北に連れて来るつもりなどなかった。アーシュナのもとで安全が担保されているグリザリカ王国で、サハラと一緒に留守番を頼んでいたのだ。

「そこのスクラップの影に張りついて潜んでいたわ」

スクラップ、という単語のところでマヤがアビィを指さす。

「それに気が付かないなんて、鈍ってるんじゃないかしら。それとも、あたしがとっても優秀っていうこと? ふふんっ、叱るふりをして褒めるなんてやるじゃない、メノウ」

マヤが影を出入り口にした異界を有していることは知っている。メノウも入ったことがあるが、その中は決して快適な空間ではない。よく耐えていたものだと呆れ半分、感心半分になる。

だがそうなると、ともう一人に目を向ける。

自分の影に原罪概念を張り付けられて、アビィが気づかないはずがないのだ。

「アビィ？　なにか言い訳はある？」

「世界一かわいい妹ちゃんが、南の生ゴミと一緒に居残りすることに耐えられませんでした。こっち来るなら、メノウちゃんの許可のもと、処分できるかなって」

神妙な顔をしたアビィが素直に白状する。素直なのが必ずしも美点ではないということがわかるいい例である。自分の欲求に素直すぎて、いろんな危機管理をすっ飛ばしている。

マヤがここまで付いてこられてしまった理由は判明した。だが、そもそもどうしてマヤがメノウたちについて来たのかという行動原理が不明瞭なままだ。

「付いてこれちゃったのは、もう仕方ないけど……どうしてついて来たの？」

「あら、いいじゃない。あたしがどうしようとも、あたしの勝手だわ」

マヤはすまし顔だ。お菓子をさらに口に放り込む。危機感が見えない彼女に、メノウは粘り強く説得する。

「危ないのよ、今回の旅は。グリザリカだと大手を振って歩けるから実感がないかもしれないけど、他の国じゃ指名手配犯だわ」

「そんなの知ってるわ。でもね、メノウ。あなた、あたしを誰だと思っているの？」

マヤはちょっと芝居がかった口調で声を張る。

「もと勇者パーティーの一員、オオシマ・マヤよ！　危ないのなんて、千年前から慣れっこなんだから」

びしっと見得を切ったマヤに、メノウは顔を困らせる。説得が通じる気配がまるでないのだ。

「そもそもメノウたちが北に来たのだって、あたしが話した情報がもとでしょう？　あたしを仲間外れにするなんて、おかしな話だわ」

今回の目標である『星骸』については、確かにマヤからも話は聞いた。だが彼女からだけではない。同じく千年前に存在した『盟主』カガルマからも根ほり葉ほり聞き出し、マヤの話も含めた総合的な情報で、『星骸』がハクア打倒につながりうる兵器だと判断した。

だが、マヤが何気ない口調で重要なことを口にする。

「ヤよ。仲間外れなんて、絶対に嫌。そもそもあたしがいなくて、【星読み】とどうやってお話するつもりだったの？」

「え？」

メノウの一瞬の戸惑いを見て、マヤがにんまり笑った。

「ほーら、あたしを仲間外れにしようとするからよ。それで、メノウ。ここまでの旅は、順調かしら？　それを言えば、いまのこと、教えてあげないこともないわ」

「……はぁ。わかったわ」

道筋の危険さを知れば、マヤも怖気づくかもしれない。情報を整理するためにメノウも応接間の席に着いた。

「改めて確認するけど、私たちが北に来た目的は『星骸』の管理権限の奪取よ」

二人の視線を合わせて、意思を共有するため、なによりもマヤに同行を諦めさせるために話し始める。

強力な兵器である『星骸』は、いまよりはるかに優れた導力文明が隆盛していた千年前、最優と評された純粋概念【星】の持ち主が構築したものらしい。

その役割は、一つ。

「世界の抑止力として生まれた、星を削る魔導兵器。人災《ヒューマン・エラー》化した日本人を取り込む装置よ」

千年前を知るマヤが、現代の魔導文明では考えられない魔導性能を明かす。

「【星】の人は、あたしたちの中でも『最優』って呼ばれるくらいに導力に精通した人だったの。詳しくは聞いてないけど、【星】は別に兵器をつくるつもりじゃなかったらしいわ。人災《ヒューマン・エラー》を飲み込む兵器になったのは、うっかりだったたって言ってたもの」

「純粋概念どころか、人災《ヒューマン・エラー》現象を利用した魔導兵器、ね。つくづく予想を超えてくるわね、古代文明期の産物は」

「うんうん。さすが千年前の導力文明って感じだけど……それってさぁ。白濁液に浸されて壊れてないの？　あれ、ほとんどの魔導構成を漂白する素材でしょ？」

「壊れてないわよ？」

千年前の事情を語るマヤにアビィが横槍を入れるも、あっさりいなされる。

「『星骸』が壊れてたら、落ちるもの」

わかりやすい基準だった。

「たぶん、白濁液は表面的に包んでいるだけで『星骸』の中身には直接触れてないんじゃないかしら」

「ええ、千年を超えて起動する兵器は、私も目にしたことがあるわ」

塩の大地で、導師《マスター》が最後に起動させた衛星兵器。あれもまた、古代文明の産物だった。

「だから『星骸』を奪取することができれば、ハクアへの有効な攻撃手段を手に入れることができるはずよ」

メノウは『星骸』についての重要性を、改めてこの場のメンバーで共有する。

「『星骸』の使用権限を手に入れるには、まずは【星読み】に会わなきゃ話にならないわ。それはわかってるわね」

二人はこくりと頷《うなず》く。ハクアに付き従う【使徒《エルダー》】。その中の一人【星読み】は、『星骸』を管理するためだけに不死身となった存在だという。【星読み】の居場所は、はっきりしていた。

「前の町で処刑人との戦闘があった分、慎重に行動はしなきゃいけないけど……おおむね予定通りね。追跡された形跡もないから、相手の動きは検問を張って待ち伏せるのが中心になっているはずよ」

メノウは北大陸の地図をテーブルに広げる。

「私たちがいまいる場所が、北大陸でも東寄りのここ」

ざっくりと台形の形をしている北大陸は、聖地のある西部から細い陸路がつながっている。メノウたちはその反対側。大陸東部と北大陸の狭間を隔てている内海を通る海路から入った。

「当面の目的地は、ここ」

メノウは北大陸が描かれた地図の真ん中を指さす。地図上では、ぽっかりと黒く塗りつぶされている場所だ。

「北大陸中央部、未開拓領域地下の『遺跡街』。まずは『星骸』の管理者だっていう【星読み】がいるここまでたどり着く必要があるんだけど……すんなりいかないわ」

北大陸は、少しばかり中央大陸とは国境の事情が異なる。

中央大陸では各所にある未開拓領域が国境となって国と国との間に横たわっている。だが北大陸に関しては、国を分ける形になる未開拓領域が存在しない。

あるのは、『星骸』がくり抜いたとされる、北大陸中央部のみ。

アイスでもすくうかのように半球状にくり抜かれた北大陸中央部は、導力が死んで不毛の荒野と瓦礫《がれき》の山が続く場所となった。その地下に広がる古代遺跡こそが、いまのメノウたちの目的地だ。

「この未開拓領域の境目《さかいめ》にある教会が『遺跡街』への入り口を管理してるの」

今回の障害を告げて、マヤの反応を窺う。

マヤはメノウの説明とは無関係に、地図の一点を見つめていた。

「中心街だったのに……やっぱりあの後に……それにこの教会の場所って……」

「中心街？」

聞きなれない単語に問いかけると、はっと我に返ったマヤはつーんとそっぽを向く。【星読み】の件といい、答える気はなさそうだ。肩をすくめて、メノウは説明を続ける。

「『遺跡街』への入り口は、実質一つよ。地下へと続く穴があるけれど、そこを半ばふさぐ形で教会が建設されているわ」

北大陸の未開拓領域はかつて導師《マスター》『陽炎《フレア》』が【光】の純粋概念と旅をしていた場所でもある。若き日に彼女たちと敵対していたカガルマの話によると、導師《マスター》たちは『遺跡街』で【星読み】に出会うことで、異世界送還の真実を知ったらしい。

メノウの師である『導師《マスター》』の足跡は、彼女が死んでからも残り続けている。

東部から入ったメノウたちがいる辺境から中央部にある『遺跡街』の入り口である教会までのルートはいくつかある。だがメノウたちはお尋ね者である。グリザリカから出たいま、やすやすと移動することもできない。

「一応、入り口のある教会までは列車で行けるんだけど……」

「残念。交通の要衝にはさすがに、人が張ってるね。当たり前だけど、列車の駅は真っ先に監視が増やされてるよ。やっぱりグリザリカを出た時点で気が付かれていたみたい。優秀な年下がいっぱいいるようで嬉《うれ》しいよ、おねーさんは。この世界は安泰だね、うんうん！」

「なんでこの動くスクラップは喜んでるの？　やっぱり壊れてるの？」

「気にしたら負けよ」

あきれるメノウたちをよそに、事前に偵察を飛ばしていたアビィが地図のところどころに赤いバツ印をつけていく。昆虫サイズの魔導兵である蟲を生み出して情報収集ができる彼女ほど偵察に向いた存在もいない。

「見た感じ、検問してるのは騎士くんばっかりだから、最悪の場合でも強行突破できる相手しかいないよ。ただ――応援を呼ばれたら司教ちゃんクラスが出張ってくる可能性があるのが、ここと、ここと、ここ」

第一身分《ファウスト》は例外なく精強な魔導行使者だ。その中でも経験を積んで位階を上げた司教ともなれば、いまのメノウとアビィでも敗北する可能性がある。

バツが付けられたルートを見て、マヤがきゅっと眉根《まゆね》を寄せる。

「……ねえ。普通の道がなくない？」

「ないよ。あるわけないじゃん。だって残す意味ないし」

第一身分《ファウスト》と第二身分《ノブレス》が共同戦線を張れば、人員は豊富だ。国家領域の内側ならば、人海戦術で逃げ道を完全につぶすことも可能だ。

「というわけで、道なき道を行くことになります！　ま、おねーさん謹製の魔導兵を使えば問題ないけどね」

　ふふん、と鼻高々に褐色肌の胸を張る。

　ここに来るまでも乗ってきた魔導兵である。アビィが作成する原色の魔導兵は人を三人乗せても問題なく移動できる。

「敵っていうけど、ハクアが来たりはしないの？　あいつ、メノウを目の敵にしてるでしょ？」

「ハクアは聖地から移動することはないわ。それだけは、安心してもいい」

　ハクアが居座っているのは人類の記憶図書館である『星の記憶』だ。ハクアとて純粋概念の持ち主である。記憶を失えば人災《ヒューマン・エラー》化する以上、生命線である記憶庫から離れることはない。だがハクア自身が動かなくとも、彼女には千年で築き上げた『主』という立場の権限がある。

「じゃあ、あいつ……ミシェルはどうするのよ」

　マヤが挙げた名前に、メノウとアビィの顔に苦味が走る。

　異端審問官、ミシェル。

　聖地崩落の事件を起こしてから、ハクアの命令を受けてメノウたちをつけ狙《ねら》う神官だ。まだ二十歳手前の年若い神官に見える彼女の正体も、この半年でつかんでいる。

　彼女はエルカミという名前で聖地の大司教を務めていた人物である。千年近い時間の中、何度も名前を変え、若返っては記憶をリセットしてハクアに仕えている【使徒《エルダー》】だ。

「あいつの居場所は、わかんなかった。少なくとも、どっかの検問でとどまっていることはなかったよ。いないといいんだけど……まあ、普通に考えて、『遺跡街』の入り口じゃない？」

「でしょうね。『教官《ティーチ》』にも私たちの入国は察知されていたし、北に来てないとは思えないわ。『遺跡街』の入り口を管理する教会にとどまって、待ち構えているでしょうね」

半年前、グリザリカに入るまでに数度戦ったが、彼女は人間とは思えないほどの導力を秘めている。単純な導力量では、並みの異世界人すら凌駕《りょうが》するだろう。監視を潜り抜けるにせよ、戦うにせよ、ミシェルの突破が最初の関門になりそうだ。

「今夜は宿泊。明日の早朝、まずは旅の荷物を買い出すわよ」

話を切り上げたメノウは、二人の顔を見る。特に、マヤだ。

彼女の要望通りに説明はした。改めて説得に取りかかる。

「マヤ。危ないってことはわかったでしょう？　あなたは、帰ってもいいのよ。もしこれ以上ついてくるつもりでも……危ないって思ったら、すぐにサハラのところに逆召喚で戻りなさい」

マヤのメンタリティは、ほとんどただの十歳児だ。厳しい行程になる今回に関《かか》わらせていとも思えない。召喚という距離を無視した魔導を扱えるマヤだけは、グリザリカにいるサハラのもとに帰れるのだ。

「そうそう。チビッコはザコザコよわよわで余計なお荷物ちゃんなんだからぁいだぁ⁉」

「やかましい！　あんたは黙ってなさいッ」

余計なあおりを入れたアビィを鉄拳制裁で黙らせる。案の定、マヤが不貞腐れた声を出す。

「……なんで、そんなこと言うの」

ぼそりとした声は、不機嫌さを丸出しにしていた。また二人のケンカが始まると慌てて機嫌を取ろうとしたが、思わぬことに、マヤがにらみつけているのはメノウだった。

「あたしは、ぜーったいに帰らないから！」

見るからにへそを曲げたマヤが、足音も荒く応接間から出ていく。

ぽかんとしていたメノウは、子供の気ままさにため息。横目でじとっとアビィをにらむ。

「……アビィ。あなたのせいよ」

「あらら～？　それはどうかなぁ？」

メノウの非難を聞いても悪びれる様子一つないアビィが、青い瞳をいたずらに光らせる。

「メノウちゃんってさ。案外、人の気持ちわかってないよね」

「どういうこと？」

「そういうとこ」

不可解だと聞き返すと、アビィがにんまりと笑った。

「不完全なところが年下らしくて、かわいくていいよね」

意味深に言い残して応接間を出ていく。

マヤにしても、アビィにしても、なにが言いたいのか。結局は懸念事項ばかりが残った。

応接間でメノウは一人、このパーティーのバラバラぶりに深く息を吐いた。

そうして、翌朝。

メノウは目の前で繰り広げられる光景に頭を抱えていた。

「観光ぅ。観光しようよぉ、メノウちゃん！」

メノウの体が激しく揺さぶられる。立ち尽くす彼女の肩をひっつかんで騒ぎ立てているのはアビィである。二十歳を過ぎた大人に見える彼女が、お前は幼児かと言いたくなるテンションでメノウの肩を摑《つか》んで右へ左へと揺さぶってくる。

「今日くらい、いいじゃんかさー！　グリザリカを出たばっかだよ。昨日の町はメノウちゃんがいきなり戦闘始めちゃったから移動しなきゃいけなかったし？　おねーさんね、人類の子たちが造ったものをいっぱい見たいの！」

「てい」

「ふぁ⁉」

あまりにもやかましかったので、寒さ避けにしているケープマントをアビィの頭にくくりつけて視界を覆《おお》ってやる。ゴーグルをつけていた彼女が視界を覆われて泡を食う。

「……あーんなに騒いじゃって、やーね。あいつのわがままなんて、聞くわけないじゃない」

まったくだ。子供に見えて、さすがはもと『万魔殿《パンデモニウム》』である。こちらのほうがよっぽど大人だと、ほっと安堵《あんど》したメノウは、マヤの表情を見てぎくりとする。

マヤは天使のような、という形容詞がぴったりくるほど愛らしく笑っていた。

「ね、メノウ。メノウはあたしのために動いてくれるものね？　あたしみたいな美少女はいーっぱい甘やかされるべきなんだから、まずは甘いもの買ってきて？　ケーキがいいわ。どこにあるか知らないけど、おいしいのを買ってきてね？」

昨日の不機嫌はどこへやら。こっちはこっちで、なかなか大概だった。

マヤの純粋な瞳は、自分のために誰かが動くのが至極《しごく》当然と信じて疑っていない。相手をなめているとか以前の問題で、大人は自分の言うことを聞いて当たり前だと言わんばかりだ。

「……二人とも、状況わかってる？　昨日説明してわかってもらったと思ってたんだけど？」

「知らないよぉ！」

アビィの口からまさかの即答が飛び出す。自制心には自信があったメノウの口元が引きつる。

「おねーさんは人類種の年下の子たちが頑張って生きてる様子を見て回りたいの！　頑張って生きてる子たちを見るのが楽しみで白夜の結界から出たんだもん！　この世界が年下であふれていることを見て実感したいの！」

「あのね？　ここは敵地なの。そんなことをしている暇は――」

「え？　だからでしょ。サハラがグリザリカに残ってここにいないんだから、メノウがあたしのお世話をやってくれなきゃいけないに決まってるじゃない。あたしみたいにか弱くてかわいい女の子は保護されるべきだもん。ね？　メノウってばそんなこともわからないの？」

直球ドストレートでアビィがわがままを言ったかと思えば、自尊心にあふれるマヤが変化球で自由気ままなおねだりをする。

どうしてくれようか。この二人の気分が完全に旅行だ。半年間、滞在したグリザリカから出たという事実にテンションが上がっているらしい。

よし、と決めた。

二人の要望はすべて聞き流す。それ以上に効率的な方法はない。

「ね、ね、メノウ。ここの名物はなにかしら。なにがおいしいの？　甘いものはあるわよね？」

「あとで、あとでね……！」

「眼福だなぁ。こんな年下の子たちがいっぱいいて幸せだなぁ……！　世界は希望に満ちている！　あ、あっちに人の流れが行ってる！　メノウちゃん、見物していい⁉」

「そっちは教会があるから、絶対に行かないで……！」

メノウはお荷物二人を引きずって、買い出しを進めた。

「メノウたちが迷子になったわ」

ほっぺたに食べかすをくっつけたマヤの呟《つぶや》きは、屋台の呼び声にかき消された。

人が行き交う大通りで立ち止まったマヤは、残りが半分くらいになったタルトをもぐもぐと食べる。ケチが染みついて必要以上の出費を渋るメノウに買わせた今日の甘味だ。

彼女にとって、食事は数少ない楽しみである。

千年前、この世界は現代日本に劣らないか、それ以上に文明が発達していた。記憶を取り戻してみれば文化面も含めて大きく衰退している。特に映像、通信の後退ぶりは著しく、放送文化が存在しない。テレビっ子だったマヤからすれば退屈でしょうがない世界となっていた。

空になった紙袋を行儀よく畳んで着物の袖《そで》に入れたマヤは、唇を尖《とが》らせる。

「やーね。メノウったら、いい歳《とし》して迷子だなんて、恥ずかしくないのかしら」

客観的に見ればどう考えても彼女が迷子なのだが、マヤはあふれんばかりの自己肯定感で自分は絶対に悪くないと確信していた。

彼女は自他ともに認める美少女である。日本にいた時は、かわいさを認められて子役として活動していた。周囲の大人はいつだってマヤのために動いていたのだ。自分は愛されて当然だと思っている。

確か大通りに戻る方向はこっちだったはずだと、うろ覚えで細い路地を歩く。

「このあたしから目を離すなんてメノウったらうかつね。車もあんまりないこの世界、道を歩けば誰だって振り返らずにはいられない美少女のあたしには護衛が必要なのをわかってないのかしら。きっちり教えてあげないといけないわね」

ふっと昨日の応接間でメノウが言い放った言葉を思い出す。

――帰ってもいいのよ。

あの言葉は、親切心だった。

親切心だからこそ、悔しかった。この半年一緒にいたのに、ハクアにそっくりな彼女は、マヤのことを庇護《ひご》対象としか思っていないのだ。

千年前もそうだった。仲間たちは幼かったマヤを蚊帳《かや》の外に置いて、大事なことから遠ざけた。

わかってない。

まったくもって、自分の気持ちをわかってくれていない。

「バカにして……ぜーったい、認めさせてやるんだから！」

自分はもう、ただの子供ではない。四大人災《ヒューマン・エラー》『万魔殿《パンデモニウム》』から復活した特別でスペシャルだ。

薄暗い路地を燦々《さんさん》と照らしそうなほど輝かんばかりの自意識でもって意気軒昂《いきけんこう》に歩くマヤの足を止めたのは、凛とした声だった。

「――マヤ様」

メノウがやっと自分を見つけたのか。ここはひとつ、目を離したメノウに文句を言おうと勢いよく振り返って、息を飲んだ。

そこには、二十歳手前に見える女性がいた。

足回りが動きやすそうな神官服を着て、異端審問官の腕章を左腕に付けている。ありふれた茶髪を動きの邪魔にならないように首の前で結んでいる、生真面目な顔つきの女性だ。

ミシェルだ。今回の旅でもっとも警戒すべき彼女は、マヤの名前を呼んで深々と頭を下げた。

「お久しぶりです、マヤ様」

「……なんのつもり？　なんで、あたしを見つけられたの」

メノウは、どこに。

ミシェルに返答しながらも、路面に足裏をこすって後退する。

「少し前に襲撃に失敗した不肖の者どもから、『陽炎の後継《フレアート》』がマヤ様を連れていると聞きまして、周辺の町の主な甘味処《かんみどころ》を見張らせました。昔から、マヤ様は甘いものに目がありませんでしたから」

メノウには話していないが、マヤとミシェルは知己だ。マヤが人災《ヒューマン・エラー》になる以前。日本に戻るためハクアとともに活動していた千年前にも彼女はいた。

千年前の彼女は名前を持たない傭兵だったが、紆余曲折《うよきょくせつ》あってマヤも含めたハクアたちと仲間となった。当時【白】の勇者と呼ばれつつあったハクアにもっとも心酔していた一人でもある。

彼女が【使徒《エルダー》】を名乗り千年間ハクアに仕えていると聞いても違和感を覚えない程度には、マヤもミシェルと付き合いがあった。

「あたしを、どうするつもり？」

「他意はありません。まずはマヤ様にご挨拶をと、参上しました」

「あいさつ？」

ハクアの使者である彼女の登場に警戒をあらわにするマヤに対して、ミシェルは自然体だ。害意がないことを表すためか、大剣と教典を地面に置いている。

「数か月前、『陽炎の後継《フレアート》』を追っている時にマヤ様をお見かけした時は、息が止まるほど驚きました。あなたも人　災《ヒューマン・エラー》になってしまったという認識でいましたので」

数か月前といえば、聖地から北大陸を経由してグリザリカに行こうとした時期だ。ミシェルはその時にマヤがメノウたちと一緒にいることを知り、ハクアに報告したのだろう。

「もしもあなたがいなければ、私が迷うこともなかった。半年前、あのモドキをみすみすグリザリカに逃がすこともなかったでしょう。あそこは……千年前から、厄介なものが巣食っております。人　災《ヒューマン・エラー》となってしまわれたガドウ様の『絡繰り世』にせよ、【防人《さきもり》】が巣食うグリザリカ王家にせよ、我らが容易に手を出せなくなってしまった」

モドキ、というのはメノウのことだろう。ハクアの憑依《ひょうい》先として生まれたメノウに、隠す気もない嫌悪と侮蔑《ぶべつ》を感じる。

「……あたしがいることとあなたが迷うことに、なんの関連性があるのかしら」

「言うまでもありましょうか。私が、あなたと戦えるはずがない」

顔を上げたミシェルは胸に手を当てて、真摯《しんし》に答える。

「同じ痛みを知る者として、あなたを傷つけるなど耐えきれない」

「……」

生真面目なミシェルの声に、マヤは沈黙で答えた。

マヤとミシェルには共通点がある。

千年前の古代文明期、非道な人体実験の被験者であったという点だ。実験内容は違えど、どちらも常人には耐えがたい非人道的なものだった。

「覚えておいでですか。名前のない私に天使の名をくださったのも、あなただった」

「……忘れたわ、そんなこと」

目を逸らしたマヤに、ミシェルは微笑む。堅物な彼女には珍しい、自然な笑みだ。

千年前と変わらない態度だ。彼女は子供のマヤにも敬意を払った態度を崩さなかった。

ミシェルは地面に置いていた教典を差し出す。

「『星骸』を目指しているそうですね。あなたがこちらに来たと聞いて、ハクア様に連絡を取りました」

ハクアの名前を聞いて、かっと頭に血が上った。マヤは、マノンがハクアを出し抜く形で復活した。だがその際に、ハクアがマノンを滅したのだ。

「あたしをどうにかしたいなら、力ずくで連れて行けばいいじゃない！　あなたなら知ってるでしょ！　あたしは――」

「人の意図を尊重しない行動の結果に、意味など生まれません」

決然とした声だった。自分の正義を、ひいてはハクアの正しさを信じている声だ。

「もしもあなたと会う機会があればと、伝言を預かっております。どうか、ご判断ください」

マヤは震える手で差し出された教典を開く。

ぱらぱらとページをめくっていくと、導力光が浮き上がって立像を結ぶ。

『やぁ……久しぶりだね、マヤ』

教典魔導によって記録映像が再生される。およそ千年ぶりに見る、千年前の仲間の姿だった。

『君が目を覚ましたとは思っていなかった。半年前に聞いた時には、それはもう驚いたよ。ミシェルから、グリザリカから出たと聞いた。いま、そちらに向かっている』

思わぬ内容に、マヤは目を見張る。ハクアが自分の生命線である『星の記憶』から離れてまで、マヤに会いに来るという内容だ。驚愕に顔を上げると、ミシェルは力強く頷く。

それほどに、ハクアはかつての仲間だったマヤに会いたいのだ、と。

『かつての仲間だった君に、いまのボクの有様を誤解されたくない。直接、君に会って、話したい。あいつ……メノウがいると、どうしても邪魔をされるだろうから、君と二人きりになりたい。話した結果、許しても許してくれなくてもいい。だから千年前、ボクたちが生き別れた、あの場所で会おう』

切々とした声だった。懐かしい声に、きゅっと胸が締め付けられる。

『あの時の、あの場所で待っている』

同時に、映像が地図に映り替わる。

北大陸の地図。ある一点に、日付とともに印が付いていた。場所は、くしくも応接間でメノウが『遺跡街』の入り口だと言って、目指す場所にしていた教会だ。

そしてなにより、千年前、マヤとハクアが最後に顔を合わせた場所でもあった。

地図を見ればわかる。『遺跡街』の入り口は、ハクアが自分たちを裏切ったところだ。

「なんで、こんな場所……」

「ハクア様は、かなりのご無理をされながら、聖地から出ておられます。あの方が『星の記憶』から出ていられるのは、十日余り。移動の時間も考えれば、この日時で待ち合わせるしかありません」

「……そう」

マヤは、ゆっくりと顔を上げる。幼い目線の位置からミシェルをにらむ。

「騙《だま》してるんでしょう？　あたしが、こんな誘いに引き寄せられるほどバカだと思ってるの？　ねえ？　あたしのこと、どこまでバカにしてくれるの？」

なによりも、ハクアを許せない理由をたたきつける。

「マノンを殺したくせにッ！　なんであたしが言うことを聞くと思ったの⁉」

「ハクア様は対話をお望みです。お二人がどうして仲たがいをされているか、この千年間の記憶のない私にはわかりかねますが、誤解があるように見受けられます」

「誤解？」

幼くとも上品な顔つきに不思議なほど似合う、相手を小馬鹿にした笑いを浮かべる。

「ないわッ、そんなもの！」

小さな体で、精いっぱいの怒声をたたきつける。

「あいつがっ、裏切った！　あたしの家族を殺した!!　みんなの努力を台無しにした！　それだけよ！」

「……どうか、昔のように仲よくされてください。それだけが、私の望みです」

ミシェルが反論することはなかった。丁寧に頭を下げ、教典を残して立ち去る。

マヤは、ハクアの声を再生する教典のページをぐしゃりと握りつぶす。

騙そうとしているに違いない。罠に決まっている。いまさらハクアを信じる理由なんてない。

千年前、ハクアは突如として自分たちを裏切った。

本当に、突然だった。

その直前まで、ハクアのことを仲間だと信じて疑っていなかったほど、突然に。

ぐっと唇をかみしめる。

葛藤は、メノウたちがマヤを見つけても、まだ続いていた。

はらり、と紙をめくる音が部屋に響いた。

草木も眠る深夜、メノウは拠点の寝室で一冊の本に目を通していた。ページをめくる度《たび》に室内で耳を撫《な》でるわずかな音は、静寂を際立《きわだ》たせる。

もちろん、教典ではない。かつては常に左手に携えていた教典を、メノウは第一身分《ファウスト》から抜ける時に手放した。高度な魔導書である教典は武器として有用だったが、製作者であるハクアと導力的につながっている恐れがあるためだ。

いま開いているのは、そこらの雑貨屋で買えるなんの変哲もない日記だ。

「今日は疲れたわ……」

あれから二人のわがままをほぼほぼ無心でかわしながら処理する羽目になったのだ。途中でマヤとはぐれるハプニングまであった。

メノウは今日の分を書き記してから、過去のページへと遡《さかのぼ》る。

日記には記憶にある限りのメノウの過去がつづられている。

白く崩れ去った町から始まった導師《マスター》との旅、モモやサハラと出会った修道院時代の思い出、最年少で処刑人になってからの日々。

「モモとも、ずいぶん会ってないわね」

いつも一緒にいた後輩とここまで離れているのは、いつ以来か。彼女がなにをしているのかすら、メノウはあえて探っていない。いまのメノウがモモと接触するわけにはいかないのだ。

モモにはアカリの体を任せている。

実のところ、モモとメノウの関係を知る者は少ない。処刑人としての活動は記録に残らないため、モモがメノウの補佐官であることを示す書類は存在しないし、修道院時代にしてもメノウは導師《マスター》『陽炎《フレア》』から専属で教わっていた。他の指導員はメノウのことをほとんど把握していないのだ。修道院の資料を焼き払ったいま、モモはハクアたちにとってノーマークにして、メノウがもっとも信頼できる存在となっていた。

　そのモモにアカリを預けることで大陸全土に広がるハクアの監視網を欺《あざむ》いた。ハクアの視点ではメノウがアカリの居場所を隠しているように見えるはずだが、正確なアカリの居場所はメノウすら知らないのだ。

「本当に、モモには頼りっぱなしだわ」

　白服だった時代から、藍色服を着るようになってモモがすぐに補佐官になった日々へ。そこを過ぎて日記のページをめくるにつれ、特に多くなるのがアカリとの旅の記憶だ。【時】の純粋概念によって幾度となくループした記憶を記しているため、十年分の日数を書き記すことができる日記の半分以上はアカリとの旅で埋まっている。

　いま読んでいる部分は、古都ガルムでアカリにカチューシャをプレゼントした辺りだ。

「あったわね、こんなこと」

　目を閉じて、当時の情景を思い起こす。

　気まぐれで立ち寄った屋台では、もともとモモへのプレゼントであるシュシュをつくるだけのつもりだった。そこにアカリが割り込んで、ねだって騒いで駄々をこねて、結局メノウが折れてアカリのカチューシャに花を付けることになった。

「……ふふっ」

一枚絵のように思い出せる記憶に、メノウはいまのメンバー相手では浮かべることのない、やわらかい笑みを零《こぼ》す。

次は、なにがあったか。これはちょうど、何気ない観光の次の日の一幕だ。忘れがたい難敵であるオーウェルとの一戦の直前だった。

メノウやアカリだけではなく、モモやアーシュナも巻き込んだ戦いは、繰り返した三ヶ月で体験した事件の中でも、指折りの窮地だった。

メノウは次のページをめくることはせずに、日記を閉じる。人の気配を感じたのだ。こんこんこん、と控えめなノックの音が鳴った。

「どうぞ」

足音で誰だかを悟りつつもメノウは入室を促す。

来客は予想通りマヤだった。

「どうしたの?」

「……メノウ。今日の昼に、なんだけど」

「昼?」

「……うん。メノウが迷子になったときがあったじゃない? あの時、実は――」

いつも小生意気なマヤにしては、歯切れが悪い。どこか躊躇《ためら》いがちのマヤが袖からなにかを取り出そうとした時だ。

夜も深いというのに、窓の外から光が差し込んだ。

陽光よりも明るく窓から差し込むのは、導力光だった。

魔導現象の発露である導力光は、発動する事象展開の規模に比例して強く輝く。ならば昼間と見まがうこの輝きは、どれほどの威力を発揮するのか。

間違いなくメノウたちがいる屋敷を目的とした攻撃にさらされ、焦燥のまま椅子を蹴倒《けたお》して立ち上がる。

「マヤっ――え？」

とっさに庇《かば》おうと伸ばした手は、宙を切った。

マヤの体が一瞬、紅い導力光に包まれたかと思ったら、消え去ったのだ。ばさり、という音を立ててマヤが差し出そうとしていたものが落ちた。

教典だ。

なぜ、マヤが教典を持っているのか。答えを出せる時間もなく、メノウたちがいた屋敷は導力光に飲み込まれた。

がらら、と瓦礫が転がる音がした。

町の郊外にある屋敷は壊滅していた。家屋として残っている部分はない。生活導器を動かすために屋敷に接続されていた地脈の経路に過剰な導力を流し込まれ、内圧によって土台から弾けて崩壊した。

ミシェルの仕業だ。彼女はマヤに渡した教典を導力的な目印にしてメノウたちの拠点を割り出した。屋敷を崩落させる攻撃の寸前、マヤだけは逃がしている。方法は至極単純だ。

「『魔薬』か……」

攻撃の直前でマヤを逃がすための【召喚】に用いた紅い錠剤が、ミシェルの手のひらで生贄《いけにえ》として消費され、消え去った。

かつて大陸最南端の港町リベールで流通していた『魔薬』。これはマヤと同一である存在『万魔殿《パンデモニウム》』の体を削って作った素材だ。あの事件の折に押収した品は、ミシェルの立場なら ば手に入れることは容易だった。

異世界人の体は、優秀な素材となる。マヤとの導力的相性に至っては言うまでもなく、同じく『魔薬』を使って用意した簡易召喚場へと彼女を召喚することができた。

「騙したようで、気は引けるが……これで、マヤ様は気兼ねなく、おひとりになれる。あとは、幼いマヤ様をかどわかした罪人の処分だ」

ミシェルは意識を破壊した屋敷に戻す。彼女にとって、この程度の破壊は見慣れたものだ。自分がやるにしろ、相手がやるにしろ、驚くほどの攻撃規模ではない。

だが現代では、一撃でこの規模の破壊を引き起こす存在は限られている。

「文明の後退も、著しいものだ」

いまはミシェルと名乗っている彼女が生きていた時代から、導力文明は大きく衰退した。導力文明の絶頂期には世界各地では紛争が絶えず、当たり前のように純粋概念を用いた魔導が放たれ、導力兵器が対抗として開発され、町が丸ごと更地になることすらざらだった。

それに比べて、現代はどうだ。

「平和になった。ハクア様の功績だ」

大陸の人口は大きく減り、多くの文化は衰退した。かつてを知れば文明の退化だと嘆くだろう。だが、それでいい。過度な導力文明は、自分のような生体兵器を生む。

ミシェルは古代文明期に行われた人体実験の被験者だ。【龍】を参考に人体の強度限界を目指して使い捨てられたあまたの被検体の中で、彼女は生き残った。数千に及ぶなかでたまたま適合できたのが彼女だけだったのだ。人体の限界を目指した故にその被検体が不死を獲得したのは実験者側ですら予想外だっただろう。

力を得た彼女は実験場を破壊して脱走し、被検体ゆえに名前も持たないまま各地を転々とした。そこで出会ったのが、ハクアの一行だ。世界を変革するための彼女の行動理念に感銘した。

純粋概念をはじめとした一部の魔導は、人の手に余る。徹底的に技術を規制してしまったほうがいいのだ。

それに――と考えを進めようとしたさなか、瓦礫が動いた。

ミシェルは片目をたわめて苛立《いらだ》ちを示す。崩落した瓦礫を跳ね飛ばして現れたのは、真《ま》っ青《さお》な装甲を持つ八本足の魔導兵だ。蜘蛛《くも》の形をした青一色の魔導兵が見かけによらぬ俊敏さで接近、見かけ通りの重量で、ずんっと大地を揺らしながら前二本の脚を振り上げてミシェルを踏みつぶしにかかる。

原色の魔導兵。青一色の構成からして、自立思考を持たずに入力された命令を愚直に遂行するだけの兵器だ。

ミシェルの全身が導力の燐光《りんこう》を放つ。導力強化。魂から引き出したあり余る導力で肉体性能を跳ね上げたミシェルは、上から迫りくる振り下ろしに合わせて、足を振り上げた。

ミシェルの細脚と魔導兵の頑強な脚部が打ち合った。

両者の質量差からはあり得ないことに、打ち勝ったのは生身のミシェルだ。魔導兵の脚が吹き飛んでひっくり返る。地に着いた胴体をミシェルは地面を砕く勢いで踏み抜いて破壊する。

無人の自立魔導兵は、かつて腐るほどに駆逐してきた手合いだ。この程度の敵、束になったところで魔導を行使するまでもない。

それ以前に、これは陽動だ。

気配を殺して飛びかかってきた背後からの一撃を、背中に回した大剣の腹で受け止める。柄を握る右手に伝わる衝撃は、通常の人間にはけっして出せない出力だ。

強力な一撃を繰り出してきた相手に、ぎろりと視線をたたきつける。

「この世界にも、まだ貴様のようなものがいる」

褐色、反転黒目、人型の魔導兵。

純粋概念を乱用した千年前にあっても指折りの脅威とされた原色概念より生まれた敵性存在。

平和を得るために退化した世界にあってはならない相手だ。ミシェルはまがうことなき敵意を向ける。

「世界の平穏のため、ハクア様の意に添わぬ技術は、駆逐せねばな」

「こっちの台詞《せりふ》だけどね！　おねーさん以上の年長者は、世界に不要！　みんな壊させてもらうから！」

千年前に生まれた生体兵器【魔法使い】のミシェル。

人災《ヒューマン・エラー》『絡繰り世』発祥の人類の上位互換、原色知性体。

人知を絶する者同士が衝突した。

服に仕込んでいた紋章【多重障壁】で屋敷の崩壊をしのいだメノウは、周囲を確認した。

それなりの規模があった屋敷を一撃で土台から崩された。おそらくは街の地下を走る地脈をねじ曲げた攻撃だが、教典魔導の気配はしなかった。教典魔導や魔導儀式なしで地脈に干渉できる相手など、一人しか思い当たらない。

襲撃者は間違いなくミシェルだ。最強の敵に先制攻撃を許してしまった。

「マヤ、は……」

マヤの姿が、見当たらない。メノウは直前の光景を思い返す。

攻撃の瞬間、マヤの姿が紅い導力光に包まれてかき消えた。あの時のマヤの驚いた表情からして、彼女の意思で発動させた魔導だとは思えない。

「召喚でマヤだけどこかに移動させて、さらった……？　いえ、違うわね」

マヤを誘拐するだけにしては回りくどい。彼女が教典を持っていたことから察するに、ミシェルは事前にマヤと接触している。マヤだけを手に入れたいのならば、そこで確保すればよかったのだ。

その行動にいくつかの疑問が浮かぶが、すぐに答えを出すことはできない。考えを保留したメノウが瓦礫から這《は》い出《だ》すと、ミシェルとアビィが戦闘を繰り広げていた。

二人の戦闘は、すさまじいの一言に尽きた。攻撃を繰り出し、防御を展開するたびに衝撃がまき散らされる。アビィの攻撃がミシェルを傷つける。だが、血は出ない。傷口からは導力の燐光が湧《わ》き出《で》ている。わずかについたかすり傷すら、導力が肉体を再現して最善の状態に引き戻して消え去る。

ミシェルの肉体が導力をまとっているのではなく、ミシェルという導力が肉体をまとっている。導力生命体としての完成形。ミシェルは肉体が死んでも主たる導力さえ健在ならば意識が消失することがないのだろう。

その彼女が振るっているのは切っ先が丸い特徴的な巨大な剣だ。異端者の首を落とすためだけの首切り剣、異端審問官が装備する断罪の刃。本来ならば裁判権を持つ者の象徴性が高いのだが、ミシェルほどの魔導行使者が持てば恐ろしい武器となる。

瓦礫をどけて現れたメノウを見て、ミシェルが口を開く。

「生きていたか」

「おかげさまで」

メノウの生存を知ったミシェルが、つまらなそうに目を細める。

敵を見る目ではない。ただ排除する対象を見る視線だ。

導力生命体であるミシェルを倒すためには、魂から汲み上げられる導力を消費しつくさなければならない。だがメノウたちはミシェルの導力の底を測ることすらできていない。千年間『主』に仕える彼女がただの魔導行使者ではなく、【魔法使い】とあだ名される由縁だ。

彼女の持つ断罪剣が導力光の輝きを放つ。

「アビィ！」

「あいあい！」

『導力：素材併呑――三原色ノ理・擬似原色概念――起動【原種・原色虫卵】』

下腹部に描かれた歯車に手を入れたアビィが、ハニカム構造の楕円球体を取り出す。

不可思議な物質から、ぴきぱきと音を立てて色とりどりの昆虫が飛び立つ。放たれた蜂の群れが、紋章魔導を発動させようとしたミシェルに襲いかかる。

魔導発動を中断させたミシェルが、剣を振るって迎撃する。その一匹で並みの神官を打倒できる魔導兵が瞬く間に切り払われていく光景におののきつつも、握る短剣銃のグリップを通して【導枝】を変化させる。

メノウの構える銃身が、めきめきと膨れ上がった。

「五倍速」

『導力：接続――不正共有・純粋概念【時】――発動【劣化加速→導力弾】』

銃身の中で、導力弾が回転を始める。

猛烈な回転数に、銃身を構成する【導枝】が熱を帯びる。下手をすれば暴発しそうな威力だ。もしも制御を誤れば、メノウなど木っ端みじんにする爆発《ばくはつ》が起こるだろう。

勇ましいほどに猛《たけ》る純粋概念を制御しきったメノウは【加速】を付与した弾丸を撃ち放つ。

弾速、回転数とも五倍になった弾丸が火を吹いた。銃弾サイズの発射音とは思えない重低音。発射の反動で踏ん張ったメノウの足元がひび割れる。

ミシェルは避ける気配すら見せなかった。

銃口から射線を予測し、メノウが引き金をひいたタイミングを見切って握った剣を振る。

真っ二つになった導力の弾丸が、ミシェルの左右後方で着弾した。地面が抉れて土煙が上が

るが、ミシェルにはかすり傷もない。メノウはもとより、導力銃の製作者であるアビィも唖然とする。

「純粋概念を使って、この程度か？」

何気ない仕草で五倍速の銃弾を切り裂く絶技。一軒家を粉砕できる威力の弾丸を、魔導行使すらせず導力強化と純粋な剣術で完全に無効化したミシェルは、誇るでもなく剣を構える。

「そこの原色知性体といい……拍子抜けだ。千年前の通常兵器にも及んでおらんぞ」

「うっわ。さすが古代文明の生体兵器の傑作は言うことが違うわ。人間やめてるね」

「魔導兵風情《ふぜい》が、人間を語るな」

火を噴く視線。殺意のこもった声と同時に、ミシェルが今度こそ右手の剣に導力を流す。

『導力：接続――断罪剣・紋章――二重発動【水流・圧縮】』

紋章魔導発動の気配とともに、間合いの遥《はる》か外で剣を振り上げる。

丸い切っ先の断罪剣を持つミシェルの右手が霞《かす》む動きに、メノウとアビィも反応した。

『導力：素材併呑――原色理ノ赤石・擬似原色概念――起動【原色種・虫兜殻腕】』

『導力：接続――紋章・改造神官服――発動【多重障壁】』

アビィが両腕を紅玉に輝く外殻に変形させてガードの姿勢を取り、その眼前にメノウが発動させた多重の障壁が展開される。

どちらも並みの教典魔導ならばしのぐことができる強固な防御魔導だ。

ミシェルの一閃は、止まらなかった。

「――え？」

思わず漏れたメノウの疑問符を置き去りに、二種類の堅固な防御が問答無用に切り裂かれた。遠間《とおま》から首切り剣が振り抜かれると同時に、かなたの斬撃がアビィの首を宙にはね飛ばす。

メノウが目を見張る。ぴっと音を立てて、地面に水滴が散る。距離を潰《つぶ》した仕掛けは高圧水流だ。一瞬の射出と振り抜く斬撃の動きと合わせることで、間合いの外から首を斬《き》り飛ばした。

ぱきん、と音がしてアビィの全身にひびが走り、砕け散る。

粉となって霧散し、消滅した――と見えた次の瞬間、同じ場所に無傷のアビィが現れた。

「ああ⁉　残機が減ったぁ！　ひっど！」

一瞬で蘇《よみがえ》ったアビィを見ても、ミシェルに驚いた様子はない。苛立たし気に片目をたわめる。

「原色知性体。この世界への顕現は魂の分離と精神の分割による義体の操作か。肉体を換装するための膨大な質量は、原色概念空間に――やはり【防人】の亜種だな。面倒だが接続経路に封印処理を施すしかなさそうだ」

「うっげ。おねーさん、そういうのよくないと思うなぁ。あの退屈な空間に封印されるほうの気持ち、考えたことがある？」

「知ったことか。永久に引きこもっていろ」

的確な対処法に、戦闘中ですら能天気さを隠さないアビィも顔をしかめた。

肉体を砕かれても復活するアビィだが、それはここにいる彼女が端末とでも呼ぶべき存在だからだ。導力をつなげている経路を閉じてしまえば、本体が異空間にあるアビィはこの世界に干渉できなくなってしまう。

かつて砂漠で生まれたての三原色の魔導兵にアーシュナとメノウが一方的にたたきのめされたことを考えると、やはりミシェルの強さは異常だ。それでもどこか付け入る隙があるとすれば、ミシェルが教典を持っていないということだ。

「……あなた、教典は？」

「貴様らごときに、不要だというだけだ」

ミシェルの返答に揺らぎはない。だが、いくらミシェルがメノウたちを圧倒する実力者だからといって、強力な武器である教典を手放す理由にはならない。大剣による接近戦と紋章魔導だけで、こちらは劣勢になっているのだ。多様な効果を持つ教典魔導まで加わっていたら、いまメノウたちが無事に立っていられたかどうかも怪しい。

襲撃直前にマヤが落とした教典は、やはりミシェルのものなのだ。

メノウは続けざまに別の質問を投げつける。

「ハクアはまだ、私を狙っているの？」

「うぬぼれるなよ。ハクア様はすでに、モドキの貴様など必要とはしていない」

屋敷を丸ごと壊した攻撃といい、躊躇《ちゅうちょ》なく殺しにきたミシェルにうすうす察していたが、ハクアはなんらかの理由でメノウの体を必要としなくなったらしい。

ハクアはアカリと導力接続を果たしたメノウの肉体は素材として渇望していたはずだ。日本への送還を目的としているハクアにとって、アカリと導力的に同一人物になることが必須条件だった。事実として、半年前はメノウの肉体を手に入れようとしていた。

それなのに、メノウを殺しにきた。襲撃の直前で、わざわざマヤとメノウを分断してまで、だ。

その二つの要素が、メノウの中で結びついて一つの結論を導き出す。

「アビィ。マヤはたぶん、一人で行動しているわ。あの子との合流が優先」

「や、やだぁ！　なんであんなののためにぃ⁉　あれをオトリにしておねーさんたちが逃げる流れじゃなかったの？」

「つべこべ言わないの！　年下を守るのが『おねーさん』の義務なんでしょ⁉」

「あいつ、年上ぇ！」

「そうだけど！」

千年前に人災《ヒューマン・エラー》と化して、最近正気に返ったマヤは間違いなくメノウやアビィよりも年上だ。

「それでも子供よ、あの子は」

「……メノウちゃん、絶対あの汚染生物の性質を甘く見てる。おねーさんの忠告を聞いてくれてもいいのに」

「悪いけど、私はあなたのこと、まったく信用してないから」

「こんなに尽くしてるのに⁉」

恨みがしいアビィの台詞を聞き流して、メノウはミシェルに戦意を集中させた。

彼女は【使徒《エルダー》】だ。ハクアを殺すためには、乗り越えなければならない障害である。

この一戦で少しでも情報を得るために、メノウは短剣を構えた。


マヤは茫然としていた。

あの襲撃で吹き飛ばされる寸前、マヤはまったく別の場所に召喚された。屋敷から少し離れた、人気のない路地だ。人が営む街中は、夜になっても闇《やみ》に覆われることはない。

導力文明として発展を遂げたこの世界で、光はもっともありふれた導力の利用方法だ。魔導現象の残滓として発生する導力光は、室内の明かりや夜の照明として大いに活用されている。

マヤは導力灯に照らされた道で立ち上がる。屋敷まではそう遠くないらしく、戦闘らしき音が聞こえる。だがマヤが戻ったところで、できることがあるとは思えない。

「メノウたちも……きっと、大丈夫よね」

問題は、これから自分がどうするかだ。メノウたちの安否は心配だが、マヤでは戦闘の役には立てない。

さっきまでマヤはメノウに相談するつもりだった。ハクアに誘われたことを、教典を渡されたことを、メノウになんとかしてもらおうとしていた。しかし、さっきまでとは状況が大きく変化している。いまの自分は、なにができるのかと考えた時だ。

――帰ってもいいのよ。

――会いに、来てくれ。

正反対の二つの言葉が、脳内にフラッシュバックする。同じ顔をした少女の真逆な台詞は、一つのひらめきをマヤに与えた。

「そうよ」

マヤは、自分の意図で歩き出す。方向はミシェルとの戦闘音が響く方向とは真逆だ。

「あたしは……もう、誰かに頼り切ったりなんか、しないものっ」

マヤの手には、一枚の紙が握られていた。教典から破り取ったページだ。この場所に召喚された時に教典は手から落ちてしまったが、事前に破り取っていたこのページだけは着物の袖に入れていた。

もしも本当に、マヤに会いにハクアが来るのならば。

自分には――自分にだけは、できることがある。

マヤの歩みは、いつの間にか駆け足になっていた。彼女は普通の魔導を使うことができない。かといって、記憶を削る純粋概念【魔】を軽はずみに使うわけにもいかない。

「はあっ……はぁ……！」

導力強化もできない子供の足などたかが知れている。それでも幸運なことに、追手はいない。切符を買った時の不審な視線も、子供が一人で列車に乗るような時間ではないからだ。

「三番線……三番線……」

受付で切符を買ったマヤは小声で繰り返しながら列車を探す。いつもはメノウが先導してくれていたために手間取ったが、先頭車両から導力光を噴出させて停車している列車を見つける。

乗り込むのとほとんど同時に、列車が発車した。夜間運行だからか、列車の席はガラガラだ。振動で揺れる中、マヤは空いた席に座る。

動転していた感情が落ち着くと同時に、夜の闇に、鏡になった窓に青ざめた自分の顔が映る。改めて、自覚する。マヤはいま、結果として一人きりになる選択をした。

「あたし一人、で……やれるわ！」

列車の振動が、マヤの小さな体を揺らす。もはやマヤの意思など関係なく、車輪を回す列車はマヤを先へ先へと進めていく。

決意に燃える表情とは裏腹に、がたんごとんと揺れる列車は幼子《おさなご》の体を怯《おび》えているかのように震わせていた。

「なんで子供を連れてくるかなぁ、君は」

白亜《はくあ》に連れられた摩耶《まや》を見るなり嫌味っぽく言ったのは、瞳《ひとみ》に導力光をきらめかせている少女だ。水色のセーラー服に白衣を着た彼女は、あまりにも特徴的な目の輝きで摩耶を射抜く。

「拠点に預けてきなよ。僕たちの旅に連れまわすには邪魔だよ、その子は」

「大人が怖いらしいのよ。だから拠点に置くのは、かわいそうでしょう?」

白亜は巨漢である龍之介《りゅうのすけ》の影に隠れている摩耶に視線を送る。龍之介は二メートル近いなりだが、まだ十七歳だ。ここにいる全員が、十代の少年少女だった。

「それに、この子の純粋概念はかなり特殊よ。あなたや我堂《がどう》と同じくらい狙《ねら》われている。下手なところに預けるくらいなら一緒にいたほうがいいわ」

「もっともらしいこと言うなよ。どーせ、後付けなんだろう?」

マヤを同行させるべきだという主張に、やれやれと肩をすくめる。

「君はお人好《ひとよ》しだなぁ。いちいち通りすがりで人を助けていたら、世界なんて救えないぜ?」

「見捨てられないわよ。見捨てたら元の世界に帰った時に、親友に顔向けできないもの」

「そういう問題じゃないんだよ、白亜。君がそこの子供を連れてきた結果、悪影響が発生した」

水色のセーラー服に白衣を羽織《はお》った彼女は、星型の導力光を瞳にらんらんと輝かせながら、すぐそばにある謎《なぞ》の球体物質を手のひらでバンッと叩《たた》く。

「ほら、これを見ろ！　カー君が心を閉ざしちゃったじゃないかっ」

カー君。白衣の少女が呼んだ謎物質の愛称を聞いて、摩耶の頭に疑問符が浮かぶ。

見た目はふよふよ浮いている謎の球体Xでしかないのだが、名前で呼んでいるあたり、もしや人なのか。大きさ的にはちょうど人が膝《ひざ》を抱えたぐらいの大きさではある。

困惑する摩耶を置いて、瞳に輝く星型の導力光を強くして力説する。

「僕とカー君が出会ってから早一年っ、今日は一年目の記念日だったんだぞッ。根気よく距離を詰めていって、ようやく最近は一日三秒くらい目を合わせられるようになったのに……！カー君は環境の変化に弱いんだぞ！　新メンバーなんて、カー君の繊細なメンタルが耐えきれるわけがないいんだ！　なあっ、ハクア。もっとカー君のガラスハートに気をつかってくれたまえよ！」

「我堂には、次にくだらないことに純粋概念使ったらその殻カチ割るわって言っておいて」

「ほらぁ！　そういうところだぞ！　冷たいもの言いは止めろよぉ！　カー君がますます堅くなっちゃったじゃないか！」

原理不明に浮遊している球体を、白衣の少女がばんばんと叩く。

「ほんと、もう……純粋概念の行使は記憶が削れるって忘れてるんじゃないでしょうね？」

「大丈夫だよ。この僕がいるんだよ？　記憶の消費の心配なんてさせないさ。僕を誰《だれ》だと思っているんだい？　そうっ、星の根源に触れる『世界接続』の第一人者にして導力回路の完全性に不滅構成の初の組成者！　超絶完璧天才美少女ノノちゃんとは僕のことさ！」

誰も求めていない自己紹介をして、薄っぺらい胸をふふーんと張る。

いったいこれは、どういうやり取りなのか。体の大きな龍之介の後ろに隠れて成り行きを見守っていた摩耶は上目遣《うわめづか》いで龍之介を見上げる。

「……えと。変な人たちなのね？」

「おう」

「摩耶。龍之介は『おう』とか『うむ』とかしか言わないから話しかけても無駄よ」

「え？」

「うむ」

白亜の言葉に、龍之介はなぜか満足そうに頷《うなず》いている。

本当に変な人たちだと目を丸くしていると、白亜が摩耶の背中をぽんとたたく。

「でも、大丈夫。こいつらはバカだけど、誰《だれ》かからなにかを取り上げたりしないわ」

笑顔で言った彼女の言葉に嘘《うそ》はなくて、けれども結局、嘘になる言葉だった。

三章

『第四《フォース》』総督

「──ん。お嬢ちゃん、ここで降りるんじゃないのかい？」

「う……」

自分に呼びかける声で、マヤは目を覚ました。

深夜の運行列車だったことと、その直前の騒動で疲労がたまり体が睡眠を求めていたのだろう。追われている立場にいることを自覚しながらも、席に座ったまま眠ってしまったようだ。

重いまぶたを上げると、列車の制服を着た車掌の姿が目に入った。運行途中で切符の確認があったため、マヤが下りる駅を記憶してわざわざ起こしてくれたらしい。

寝ぼけているせいか、少し目が霞《かす》む。車掌の顔をぼんやりと見ていたマヤは、はっと現状を思い出す。

「大丈夫かい？　親御さんは、一緒じゃないない？」

「……大丈夫に決まってるわ。子供扱いしないで。あたしは、一人でも平気なんだから」

眠気から完全に覚醒《かくせい》したマヤは、相手を突き放す硬い声で、ぷいっとそっぽを向いて席を立つ。人のよさそうな車掌はマヤの態度に戸惑いつつも、子供のやることだと見送った。

羽織《はお》った着物をはためかせながら降り立った駅のプラットホームは吹きさらしの粗末な造りだった。

北の風が吹き抜け、マヤの着る白い着物の裾《すそ》が揺れた。子供は風の子などと言われることもあるが、それでもマヤの薄着は不自然だ。寒冷地に住む人ほど、防寒を怠らない。駅にいる人々はマヤの軽装を見て、怪しむよりは不思議そうな、あるいは心配そうな視線を送っていた。

ぎゅっと小さな手で着物の襟《えり》を握る。

すでにミシェルの襲撃から一夜が経過している。

ミシェルに追われる心配はしていない。彼女はハクアがマヤを招いていることを知っている。ハクアに誰より忠実なミシェルがマヤの邪魔をすることはありえない。

だがマヤはメノウと同行していた。すでに周囲の町では、マヤの特徴を手配されている恐れがある。マヤが一番注意しなくてはならないのは第一身分《ファウスト》の命令系統にいない第二身分《ノブレス》の騎士だ。

マヤは自分の弱さを嫌というほど思い知っている。

まずは目立たない恰好をする必要がある。マヤとて、着物を羽織っているいまの服装が目立つという自覚はあった。

人気のない路地裏に引っ込んだマヤは、自分の影に手を触れる。

ずぷり、と路地裏の壁に映った影にマヤの手が埋まっていく。

原罪概念異界。

マヤの魂に宿った純粋概念【魔】の根源だ。いまいるこの世界と『導力』という共通点で経路をつなげた異界に存在する【力】を召喚するのが『原罪概念』という魔導の基礎である。

マヤはそこからフード付きのローブを引き出す。自分の影を出入り口とする異界は、体の一部に近い。圧縮して武器として操る者もいれば、マヤのように収納スペースにするものもいる。影そのものに潜むこともできるが、入り口になっている影は子供が踏んづけただけで壊れるほどに脆いため、逆に逃げ場がなくなる危険性も高い。

フードを被ったマヤは大通りに戻る。財布にある資金は十分だ。心配などなにもない。

「……甘いもの、食べたいわ」

気が付けば、日が中天に近い。空腹の感覚はないが、マヤは目に付いたレストランに入る。子供一人だけということで怪訝《けげん》な顔をされたが、なにを言われることもなく席に案内された。

注文したのは甘いスポンジケーキだ。甘味に口をつけたマヤは、ほっと一息つく。

少し心が落ち着いた。先ほどまで余裕はなかったが、冷静になってみればそこまで焦《あせ》る状況ではない。

「待ち合わせの期限まで、あと三日……」

マヤはミシェルから告げられた日時を小さく呟く。今日を含めて三日後に、ハクアに会いに行く意思を固めつつあった。

「そうよ。あたしがどうするかは、あたしの勝手よ。メノウに従わなきゃいけない理由なんて、ないものっ。あたしがなんにもできないって思ったこと、後悔させてやるわ！」

　大人用の椅子で、地面につかない足をぷらぷらさせながら気炎を吐く。心が落ち着くにつれ、生来の小生意気さが出てきた。

「第一、メノウはあたしのことを子供扱いしすぎなのよ。そのくせ、あたしのお願いごとをかなえてくれないし、メノウに――」

　ぶつぶつと文句を言っている時、食堂の扉が開いた。

　店員に迎えられた人物は、腰に剣を装備していた。市街地で明確に武装を許されているのは、治安維持をつかさどる第二身分《ノブレス》の騎士だけだ。彼が店に来たのは偶然だろう。マヤを狙《ねら》ってきたわけではないはずだ。正体を知っていれば、一人で現れるはずもない。

　だが、マヤの顔が強張る。

　その表情の変化を騎士は見とがめた。

「君――」

　声を、かけられた。

　実のところ、それは詰問《きつもん》というよりも親切心の発露だった。子供が一人、こんなところにいるとは、もしや迷子なのでは。そう思った騎士は話を聞くべく、声をかけたにすぎない。

　マヤは過敏に反応した。なにせ彼女は追われている自覚があり、自分が弱いことを知っている。捕まった場合、普通の手段で逃げるのは不可能だ。

ならば、どうすればいいのか。

「……ぅッ」

とっさに席を立ったマヤは、数回ためらった末に、親指の皮膚を犬歯でかみちぎる。

ぷくりと傷口から膨れた血が数滴、地面に零《こぼ》れる。

「君、一体なにを――」

突然の自傷行為に戸惑う騎士を無視し、マヤは自身の内面に精神を集中させる。魂から導力を引き出し、零《こぼ》した自分の血と呼応させる。

『導力：生贄《いけにえ》供犠――混沌癒着・純粋概念【魔】――召喚【石ころころころ身ころころころ】』

血液が赤い導力光と変わり、地面を浸食するように広がった。

どくん、と地面が脈打つ。

レンガ造りの床が隆起して、ぐにぐにと変形する。無機物のはずが、マヤの血液を取り込んだとたんに生物的なやわらかさで駆動する。

原罪概念を摂取させることで動き出す石像。ガーゴイルと呼ばれる魔物だ。

「ま、魔物⁉　まさか原罪概念か⁉」

騎士の驚愕《きょうがく》する声が上がった。

マヤは相手の反応になど構っていられなかった。純粋概念の行使と同時に、精神が削れた感覚がある。記憶の消費だ。異世界人が操《あやつ》る純粋概念は、強力な反面、代償に記憶を求める。

自分が、なにを忘れたのか。

そして自分がすべてを忘れ去った先に、なにになるのか。

霧の中の光景は、うっすらと、けれども確かに脳にこびりついている。

もう二度と『万魔殿《パンデモニウム》』に戻りたくない。恐怖と怒りをたたきつけるために、叫ぶ。

「行って！」

形成されたガーゴイルがマヤの指令に従って襲いかかる。騎士が応戦した隙《すき》をついて、マヤは駆け出す。脇《わき》を抜ける際に、恐怖に引きつった人たちの顔が見えた。

「……ッ」

怯《おび》えられたことに、言いようもないショックを受ける。知っている。自分を助けてくれた妹はいない。この世界で、自分を無償で助けてくれる人間なんて、もう、いない。いいや、この世界にだけではない。

もとの世界にだって、もう、いないのだ。

自分は、一人だ。

「……ッ」

自分が無条件で愛されていた日本とは違う。孤独の痛みが、じくじくとマヤの胸をかき乱す。

一人だからこそ、知りたいのだ。縋《すが》りたいのだ。

千年前に見たあの光景が、なにかの間違いだと。

ハクアの口から、言ってほしかった。

豪勢な調度品、やわらかいソファーでくつろぎながら、一人の少女がお菓子をつまむ。甘いクッキーは彼女の口の中でほろほろと崩れ、バターの香りと砂糖の甘味が織りなす味を楽しませる。優雅という概念を表すかのようなひと時を過ごしている少女は、一言。

「このままだと、太りそう」

堕落の象徴であるかのように食っちゃ寝しているサハラは、贅沢《ぜいたく》にも退屈をしていた。

彼女はいまグリザリカ王国にいた。最近はやりの第四思想により革命を果たした国だ。

千年間、大陸で疑われることなく定着していた身分制度を否定しているため、王侯貴族である第二身分《ノブレス》もなくなりそのうち『王国』ではなくなるのかもしれない。

「メノウの面の皮の厚さには、たまにびっくりさせられるわ……」

紅茶をすすりながら、グリザリカ国内の情勢不安を最小限で収めた印象操作の手腕を外野の立場から評する。メノウは、グリザリカでもっとも尊敬を集めていた大司教オーウェルが生前にこの変革の準備を進めていたと公表して、国民の動揺を抑えたのだ。よくもまあ自分が殺した相手の名声を使えるものだと、サハラをして感心するレベルである。

「周りに慮《おもんぱか》ってばかりでは変革など不可能さ。それにしても、こうして若い娘さんと一緒にいられるなんて役得だね。はっはっはっ！　どうだい、今日の品は。私が用意したんだよ」

「………目の前にあなたがいなかったら、快適だった」

サハラの正面に座っているのは、紳士服を着た小太りの中年男だ。言動が絶妙に気持ち悪い上に、生理的に受け付けない気配がある。

暗躍するのが趣味の人格破綻者、『盟主』カガルマ・ダルタロスである。ちなみに下の階には大陸最強とも称される騎士エクスペリオン・リバースがいる。どちらの人物も、いまメノウと密接な協力体制を築いているアーシュナ・グリザリカの部下だ。

彼女たちを筆頭にして激動するこの国の変遷に、サハラはちっとも関《かか》わりたくなかった。本当は逃げ出したいくらいだと、そうっと窓から顔を出して現状を確認する。

いまサハラがいるのはグリザリカ国内でも長年カガルマが閉じ込められていた塔だ。グリザリカ国内でも僻地《へきち》にあるここは、少し前まで周囲は無人だった。

だがいまは、なんか知らないが人が集まっている。外にいる知らない人が、サハラを見てにわかに色めき立った。

「サハラ様……」

「サハラ様だ！　ここ数年、形骸化《けいがいか》していた『第四《フォース》』をまとめ上げて立て直した、新たな世界のリーダー……！」

「『陽炎の後継《フレアート》』を招き、アーシュナ殿下とも盟友となった立役者だっ」

「東部未開拓領域戦線を停戦させた英雄だという噂《うわさ》もあるぞ！」

「ああっ、なんでも魔導兵すら従え多くの魔物も操ることができるらしい！」

「サハラ様ー！」

　窓から顔を出したサハラの顔を見るだけで、騒ぎが膨らんでいく。誇張された噂をささやく程度はかわいいもので、中には熱烈に歓声を上げている人間さえいた。

　彼らはグリザリカの国民ではない。最近、移住してきた人間だ。身分制度の撤廃という新世界のフレーズに惹《ひ》かれてやってきた彼らは、サハラを旗印にしてほとんど廃村となっていたここに住み着き、たった半年で町の規模まで発展させていた。

　サハラはそっと目を逸らして、現状を見なかったことにした。

　視線を逸らした先にいたカガルマが、愛嬌《あいきょう》たっぷりに笑う。

「大人気だね。殿下が君を手放したがらないのもよくわかるというものだ」

「……暇ね。みんな、暇なのね」

　世界はサハラが思っているより暇なのだろう。忙しいよりは暇なほうがはるかにましだ。

　特に聖地崩壊に関わった半年前など、さんざんな目にあったのだ。二度と関わりたくない。

「平和、万歳《ばんざい》」

　なんとなく呟《つぶや》いてみたが、ちっともありがたみを感じられなかった。

　それはきっと、この不可解極《きわ》まる状況のせいだろう。サハラはぐったりとソファーに突っ伏す。

「君の人気ぶりは才能だよ。マノン君は、もっと控え目だったからね。考えてみれば……他人に興味がなかったんだろうね。すでに、彼女自身が誰よりも自由だった。彼女の自由に他の人間が必要なかったんだ」

しみじみとマノンのことを語る。褒めているようだが、いまのサハラにとっては余計な重荷にしか感じられなかった。

「うっさい。どうせ、マノンを見捨てたみたいに、あっさり裏切るつもりのくせに」

「はっはっは。これでも長く生きているものでね。そもそもマノン君を見捨てたわけではないさ。彼女は彼女の好きに行動して、破滅した。それだけさ」

それはつまり、傍にいようが人の破滅を止める気がないと明言したも同然だ。サハラはぶつぶつと元凶に対しての愚痴をこぼす。

「メノウが悪い……なにもかも、メノウが悪いわ……」

人に功績を押し付けるだけ押し付けてくるあいつが悪い。なぜかメノウは、グリザリカ国内での功績をサハラにすべて押し付けてきたのだ。

最初はもらえるものならもらっておこうと鷹揚《おうよう》に受け取っていたのだが、だらだらと暮らしているだけでなぜか怖いくらい人気が上がっていく。一か月も経たないうちに標高すらわからなくなった自分の立場に不安を覚え、メノウに「そろそろやめない?」と訴えかけたこともあった。

その時の返答が、以下の通りである。

――え？　だってサハラ、特別になりたいんでしょう？

ぶっ殺してやろうかと思った。

精神が不安定だった時代の人の黒歴史を掘り起こして、なにが楽しいのか。まさか本気で善意のつもりはなかろうが、皮肉にしてもひどすぎる。

その場の衝動でメノウ殺害計画を実行しなかったのは、悲しいことにサハラではメノウに勝てる実力がないのと、民衆からあがめられるのがちょっと楽しかったからにほかならない。

その結果、よくわからないがサハラを慕って集まった人で町が興《おこ》ってしまった。

仕方ないことであり、不可抗力だった。もともとサハラは承認欲求の塊である。調子に乗るなというほうが無理だ。

「これもね……どうにかならないかしら」

現状は不可避だったとあきらめたサハラは、導力義肢となっている右腕を持ち上げる。

まだサハラが服装通りの修道女であった頃に、彼女は東部未開拓領域の『絡繰《からく》り世《よ》』に深入りすることで右腕を失い、代わりに魔導仕掛けの腕を接着された。肉体を経路に精神へ接続することで生身と変わらないほど自由に動く逸品だ。

紆余曲折《うよきょくせつ》あって、もはやサハラの本体ともいえる腕の小指には、真っ黒なヤモリの指輪がはまっている。かわいらしい意匠だが、断じておしゃれの産物などではない。その証拠に、サハラの視線を受けたヤモリが鎌首《かまくび》をもたげて威嚇《いかく》してきた。

「カガルマ。これ、どうにかならない？」

「私にはどうしようもできないね。マヤ君は、メノウ君たちについて行ってしまったしね」

「【使徒《エルダー》】なんて言われてるくせに、役に立たない。名前負けしてる」

「はっはっは！　よく言われるよ。この間も殿下になじられてしまった」

慣れればいっそ愛嬌があってかわいい気さえするこの動く指輪は、原罪概念の呪《のろ》いだ。

他でもない正気に返った『万魔殿《パンデモニウム》』の小指、マヤから受けたものである。

小指を切り落とせば、と考えたこともあったが、この指輪、時々動くのだ。サハラが呪いから逃れようとすれば発動してしまいそうである。しかも、どんな効果があるかわからないのが一層の恐怖を煽《あお》る。

考えるのが怖くなってきた。サハラは、ぽすんとソファーに顔をうずめる。

「というか、サハラ君。マヤ君を止めなくてよかったのかね」

「いいに決まってる。おかげでマヤの世話をしなくてよくなったし、一生このまま暇でいい」

サハラも知らないサハラの名声とやらに惹かれてなぜか人口が増え続けている外のことを考えなければ、いまのサハラは非常に恵まれている。戦うことなく、考える必要もなく、ただダラダラしているだけでいい生活ができるのだ。

余暇があふれているなど、素晴らしいことだ。窓から差し込む陽光はうららかな春の気配をのぞかせている。眠たげな目元に似合うまま、ふわぁとあくびをした時だった。

サハラの影が、奈落につながった。

「ふぁ⁉」

座っていたソファーに沈むようにして、とぷんと音を立てて落下する。

あくびの途中だったせいで、突然の浮遊感に変な声が出た。その悲鳴ごと、サハラは自分の影に飲まれて消えた。

「……おや」

カガルマはサハラが目の前で消えた現象に、目を丸くする。

慌てず騒がず、自分のカップに紅茶を注《そそ》ぐ。彼は自身のことを紳士だと自負している。

「召喚、か。……まあ、マヤ君の影とサハラ君の影はつながっているからねぇ。どうせそのうち喚《よ》び出されるとは思っていたけれど、予想以上に早いものだ。『星骸《せいがい》』と【星読み】か。『陽炎《フレア》』と【光】の子が北に行ったときは、異世界送還陣の真実と衛星兵器の管理権限を受け取ったが、さて」

紅茶の香りを楽しみ、過去を懐かしみ、そして現在の若者に思いを馳せる。

「いまの子たちの騒ぎも、大きなものになりそうだ」

召喚された、とサハラが気づいた時には、もう目の前に幼女がいた。

胸元《むなもと》に三つの穴が開いた白いワンピースに羽織った着物をベルトで留めているファッション。マヤである。彼女は肩で息をしながら、自分の影から引きずり出したサハラをにらみつける。

「よく、来たわ、ね……暇の、サハラ」

条件を満たした相手を一方的に自分のもとに召喚することができるのは、純粋概念【魔】を宿すものの特権だ。

「あたし、ちゃーんと聞いたわ。下僕の分際で、いいご身分なのね？」

「あ、いえ、暇っていうのは言葉のあやというか、そのぅ……」

「黙って。いま、大変なの……！」

ごにょごにょと言い訳する声をガン無視したマヤが呼吸を整えながら、きょろきょろと周囲を警戒する。

明らかに追われているとわかる仕草に、サハラの生存本能が警鐘を鳴らした。

「……なにをしてるの？」

「見てわからないの？　サハラってば鈍いわね」

一方的に言い放ちサハラの後ろに回ったマヤがぐいぐいと背中を押す。完全に人のことを盾にする構えだ。

「逃げているのはわかるんだけど……」

サハラは北大陸でのメノウたちの行動については、大まかにしか聞いていない。だが常識的に考えて、一人では無力に近いマヤが単独行動することなどないはずだ。

となると、この行動は。

「……家出？」

もしや、旅の途中でアビィとなにか決定的な争いでもしたのだろうか。

マヤとアビィは、ひどく仲が悪い。原罪概念と原色概念。似ていながらも対極に近い存在同士、相性《あいしょう》が悪すぎて仲よくなれる余地がないと言ってもいい。

マヤとアビィが争った末の家出であれば、サハラにとっては比較的安全だ。アビィに『妹ちゃん』と呼ばれて、いっそ恐怖を感じるほどに猫かわいがりをされているサハラが彼女から攻撃されることは、まずありえない。どうせなら相打ちになってくれないだろうかというほの暗い期待は、あっさりと裏切られた。

「騎士に囲まれてるの。だから、なんとかして」

「へえ？」

雑が極まっている命令だが、そういうこともあるだろう。メノウは一級の指名手配犯だ。見つかり次第、全力で追われる立場にいる。同行しているマヤにも累《るい》が及ぶことはあるだろう。

サハラは修道院時代の同期の姿を探す。しかし顔がいいことが唯一にして最大の長所である彼女の気配はなかった。

「メノウは？」

「いないの。いま、あたし、一人なの。サハラはあたしの下僕なんだから、なんとかして」

「はい？」

引率者がいないと聞いて、サハラの顔が間抜けなものになる。

予想より状況が悪かった。二度目の『なんとかして』という要求に、サハラは顔を導力義肢になっている右手で覆《おお》う。

メノウやアビィの援護なく、第二身分《ノブレス》の治安部隊である騎士連中に取り囲まれている。なんでそんな鉄火場に喚び出してくれたんだという嘆きだ。

「……どうして私を召喚したの？　マヤが私のほうに来れば、絶対に逃げ切れた。そっちのほうが無駄がない」

「あたしがグリザリカ王国に行っちゃうじゃない。こっちに戻れないわ」

「それはそうだけど、こっちに戻る必要ってある？」

マヤとサハラの召喚関係は、あくまで二人の影を介して行われている。距離に関係なく、マヤの影を入り口としてサハラの影に一方的につなげることができるのだ。

純粋概念【魔】の持ち主。原罪概念の申し子であるマヤだからこそ可能な召喚魔導だ。生贄すらなく遠方からでも喚び出せるという圧倒的な利点があるが、一度喚び出してしまえば同じ場所に帰ることができない。原罪概念でつながっている影を持つ人物を自分の傍に引き寄せているからだ。

つまり、ここで二人が捕まったら逃げ道が完全に消え失せることを意味する。マヤが召喚した結果生まれるものは、サハラという被害者が増える悲劇だけである。

なにせサハラにはやる気がない。やる理由もない。やれる能力があるかも怪しい。

「あたしがこっちでやらなきゃいけないことが、あるに決まってるじゃない」

だというのに、マヤは断言した。

「メノウは、ええと……アカリ？　とかいう友達のために『星骸』を奪取しようとしてるけど、あたし、メノウの友達のことなんか知ったことじゃないもの。ハクアを倒すためにしたって、回りくどいのよ！」

「そう？　アカリちゃん、いい子よ？　個人的には助かって欲しい」

「知ったことじゃないの！」

メノウの隣を取られたピンク頭のほえ面がぜひ見てみたいとまったく見当違いのことを考えるサハラをよそに、マヤの瞳《ひとみ》は決意に燃えていた。

「サハラっ。あたしたちには、メノウを出し抜いてでも行かなきゃいけないとこがあるの!!」

マヤの計画に自分が含まれているのを聞いて、サハラは青ざめた。

騎士たちは、じりじりと包囲を狭《せば》めていた。

目的は突如として街中に出現した危険人物の捕獲である。

対象人物は幼気《いたいけ》な子供に見えるが、外見だけだ。原罪概念を使うということは、それだけで人の道から外れている。どういう手段でか、本来ならば相応の生贄を必要とする魔物の召喚を何度も行っている。

あるいは人間ではなく、人が原罪概念を受け入れて変異した存在――悪魔の可能性がある。

その報告を受けて、町の騎士たちは根こそぎ動員された。駅から幼女の足取りを追いかけ、召喚される魔物を打ち払い、ようやく人気のない路地に追い込んだのだ。

「周辺住民の避難は」

「進んでいます。すでに第三身分《コモンズ》の退避は完了。戦闘が開始されても問題ありません」

「路地は完全にふさいだな?」

「はい。念のため、家屋の屋根にも隊員を配置しています。飛空可能な魔物が召喚されても、即座に叩き落せるかと」

「よし」

包囲は完全だ。

幸いにも、召喚される魔物は弱かった。すでに周囲の第三身分《コモンズ》の市民たちは避難させている。戦闘の余波を必要以上に気にすることもない。対象の捕縛は時間の問題のはずだった。

だからこそ、路地裏から飛び出してきた修道服の少女に対して、彼らはとっさに反応し損ねた。

「なにっ？」

「修道女だと？」

「誰だ……？　応援、ではないよな」

口々に小さな疑問を漏《も》らし、困惑に顔を見合わせる。

現れた少女は十六、七歳だ。緩《ゆる》やかにウェーブした銀髪に、第一身分《ファウスト》の見習い段階の立場を示す修道服。なかなか整った顔をしているが、導力義肢になっている右腕が先に目に付く。

ここまで追い詰めた十歳前後の対象とは、特徴に差がありすぎた。しかも第一身分《ファウスト》の前段階にあたる修道服を着ているという事実が、騎士たちの判断を迷わせる。

「銀髪に義腕の修道女……ば、バカな⁉」

黒髪の幼女以外に人間はいなかったはずと部隊が戸惑いに揺れる中、彼女の顔にピンときた騎士の一人が驚愕の声で正体を言い当てる。

「こいつは――『第四《フォース》』総督のサハラだ！」

ざわっ、と衝撃が走った。部下の気づきを呼び水に、隊長は自分の記憶から相手の顔を一致させる。

いまの部下の言葉に間違いはない。路地裏に逃げ込んだ幼女の代わりに現れたのは、この北大陸にまで名が轟《とどろ》いている大物だった。

「あの『盟主』が立てた『第四計画』を引き継いで完成させた功労者が、なぜこんなところに⁉」

「まずはお前が、ぶっ殺《ころ》対象か」

なにが気に障ったのか、問答無用と『総督』サハラが義腕に導力を流す。

『導力：接続──義腕・内部刻印式魔導式──発動【スキル：銀の籠手《こて》】』

義腕に刻まれた魔導式が導力に反応して展開され、瞬く間に戦闘用へと換装された。導力の出力を一気に上げて振るったサハラの義腕の拳《こぶし》が直撃し、騎士が吹き飛ばされる。

「くっ……なぜ『総督』サハラほどの大物がッ。そもそも奴《やつ》はグリザリカ王国にいたはずだ。移動の時間を考えればここにいるはずが──まさか！」

仲間をやられ、焦りを隠せない騎士の一人が叫ぶ。

「古代文明期に存在していたという伝説の長距離転移の古代遺物を手に入れてたのか⁉」

「なるほど。次はお前だな？」

サハラの次の標的が決まった。

いつもは眠たげなたれ目が、この時ばかりは凶悪な光を放っていた。最近のサハラは特別扱いされ過ぎて、自分を特別扱いしようとする人間へ殺意が湧《わ》くようになっているのだ。

らんらんと殺気で輝くサハラの視線に射抜かれた騎士は、うろたえながらも剣を構える。

「お、俺《おれ》の口を封じようとは、やはり図星か！　どんな大望を抱いている‼」

「やかましい。人を毎度毎度持ち上げて犯罪歴を付け加えやがって……第一、『龍門』は地脈に根差した魔導儀式場だった。人が運べるような構造はしていない。つまり私は無罪。そう、聖地でのことで私はまったくの無関係。許されるべきよ」

　サハラの堂々とした語りぶりに、騎士たちの間でさらなる動揺が広がる。

「りゅう、もん？　それが長距離転移の古代遺物の名前なのか？」

「名称や実態を知っている口ぶり……これは、本当に……！」

「聖地にあるとは、まことしやかにささやかれていたが……はっ、もしかして『陽炎の後継《フレアート》』が聖地を崩したのも、『総督』が古代遺物を手に入れるため──」

『導力：接続──義腕・内部刻印式魔導陣──発動【スキル：導力砲】』

「──うわぁあああ！」

　無意味に尾ひれをつけようとする騎士を三人まとめて吹き飛ばす。厳しい戦闘訓練を積んでいる彼らだが、直前の動揺が大きかった。なすすべなくサハラの義肢から放たれた【導力砲】の直撃を食らってしまう。

　導力を圧縮して放つ【導力砲】は見かけこそ派手だが、今回は殺傷力を抑えた。サハラは自分が倒した騎士に飛びついて胸倉《むなぐら》をつかみ上げ、びしばしと往復ビンタを飛ばす。

「おい。死にたくなかったら、帰ってこう伝えろ。『サハラは大したことがない、ただの修道女です。『総督』なんて、明らかに名前負けです。世間に出回っているのは明らかに尾ひれがついた誤報です』。わかった？　わかったら、復唱。はい、言ってみなさい」

「くッ……実力で負けようとも、俺たちは人類生存圏の治安を任された誇りある騎士の端くれ。脅された程度で、そのような情報操作の片棒を担《かつ》ぐものか！　ここで掴んだ数々の重大情報を伝えるまではおがぁ⁉」

　まさしく騎士の高潔精神ここにありという決意表明の途中で、情け容赦のない頭突きをかまして気絶させる。

「クソが」

　意識を失った騎士を地面に放りながらサハラは毒を吐く。

　このままだとサハラは長距離転移の古代遺物『龍門』を手に入れるために聖地を崩壊に導いた裏の首謀者になってしまう。ただでさえ本体が見えないほど尾ひれのついている噂が、さらに膨れ上がって化け物になりかねない。

　ふざけた話だ。サハラはいままで犯罪行為など、ちょっとしかやっていない。

　東部未開拓領域の戦線を無断で離脱したのは第三身分《コモンズ》の怪物ゲノム・クトゥルワと遭遇したというどうしようもない事情があったし、メノウに襲い掛かった事件にしても当時は『絡繰り世』に精神を絡《から》まれて情緒の安定性を欠いていたという責任能力の欠如により情状酌量の余地があるはずだ。そして『総督』云々に至っては完全なる誤解でしかない。

　思考レベルでの自己弁護に余念がないサハラの証明したいことは一つ。

「どいつもこいつも、無辜《むこ》の人間に、なんてことをしてくれる」

つまりサハラは無実なのだ。

メノウたちと違って自分はまだまっとうな娑婆《しゃば》に戻れるのではと一縷《いちる》の希望を抱いているサハラとしては、こんなところで騎士殺しの悪名を背負うのは勘弁だ。

肝心のマヤはサハラの影に入っている。サハラが移動すれば、勝手についてくる形だ。他人の影に張り付いて潜む便利な能力だが、原罪概念異界につながる影の収納空間は、攻撃されると意外とあっさり中に通ってしまうので気を付けなければならない。

ぶすっとしながら改めて周囲を見渡すと、騎士の数が多い。サハラが同時に相手できる騎士の数は、五人が限度である。十人を超えれば袋叩きにあって負ける。

マヤがなにをやったのかは知らないが、騎士が三十人は投入されている。しかも逃げ道は封鎖済みで、地の利は彼らにある。

一目見て『あ、これ無理』とあきらめるレベルだった。

サハラは確かに神官になるべく訓練を受けた修道女だったが、悲しいことに白服にすら袖《そで》を通したことがない。戦闘訓練を受けた三十人を前にしてイキれるほど自己評価は高くないのだ。

どうやら自分の悪運もここまでのようだ。

戦況不利の現状にむしろさっぱりした気分になったサハラは、晴れやかに笑う。

「かかってきなさい。私が口ほどにもないってこと、わからせてあげる」

自分のことが口ほどにもないですよと言っているつもりだった。もういっそ、ここで一度捕まって、誇張された噂に終止符をうつのもいいなという思いすらあった。

だが余裕に満ちたサハラの態度により、騎士たちには逆の意味に伝わる。堂々と戦闘の構えを取る修道服の彼女を前にして、陣形が乱れるほどにたじろぐ。

「この数の騎士隊に包囲されておきながら、『口ほどにもない』、だと？」

「な、なんという自信……」

「第二身分《ノブレス》など、なにするものぞという意気。これがグリザリカ王国で身分制の撤廃に成功した『第四《フォース》』の総督か……！」

「すごいわ。さすがあたしの下僕よ、サハラ！　そうやって事態を転がすところ、とってもいいと思うわ！　もっとよ！　あたしのために、もっとやるの！」

最後の煽りはマヤである。深まる勘違いに、サハラはどんどん仏頂面になっていく。

なにが悪いって、不意打ちで数人倒したこととといまの動揺が重なって、この場から突破できそうなほど囲いがガタガタになっていることだ。その隙を見逃さない程度には、サハラは鍛えられていた。

「メノウが悪い……メノウが悪い……全部ッ、メノウが悪い！」

悪態をついて、サハラは包囲の綻《ほころ》びを狙うべく騎士たちとの戦闘を開始した。

「くそぅッ……！」

処刑人育成修道院の指導神官、『教官《ティーチ》』は町の裏路地で苛立《いらだ》ちを吐き捨て地面を蹴《け》りつける。

第一身分《ファウスト》の背信者である『陽炎の後継《フレアート》』がグリザリカを抜け出すという情報を彼女が得たのは、一週間ほど前である。

『陽炎の後継《フレアート》』は後ろ盾を得るためにグリザリカの革命に手を貸し、アーシュナ・グリザリカがそれを受け入れた。グリザリカ王国は大国だ。革命後は、第一身分《ファウスト》でも迂闊《うかつ》に手を出せない領域になってしまった。そこからのこのこ出てくるなど、絶好の機会だ。『陽炎の後継《フレアート》』抹殺は処刑人の名誉を挽回するなによりのチャンスだった。

聖地崩落以来、徐々に人員を引き抜かれて権限を削られていた『教官《ティーチ》』は、自分が手塩にかけて育てた教え子を引き連れて『陽炎の後継《フレアート》』の抹殺に向かった。『教官《ティーチ》』は、メノウが処刑人となるまでの実力を知っている。確かに暗殺を旨とする処刑人としての手際は群を抜いていたが、彼女の師である『陽炎《フレア》』ともども、直接的な戦闘能力自体はたかが知れていた。捕捉さえできれば抹殺を成し遂げ、処刑人という立場の汚名をすすげるものだと疑っていなかった。

それなのに。

「純粋概念だと……！」

暗殺技能に特化していたはずの『陽炎の後継《フレアート》』は、純粋概念という規格外の【力】を得ていた。思いもしない反撃を食らい、『教官《ティーチ》』は敗北した。しかもあろうことか、手加減をされた上に命を見過ごされた。

「とことんまで、なめてくれるっ！」

『陽炎の後継《フレアート》』の能力は把握した。

次こそ自分の使命をまっとうできる自信があった。だが挑む権利すらもミシェルに取り上げられている。

『教官《ティーチ》』は無言で自分の右頰《ほお》を撫《な》でる。

そこには、大きな傷跡がある。かつて頰を貫通して短剣を突き刺された痕《あと》だ。

この傷跡は、敵につけられたものではない。

――くはっ。ガキどもになにを教えているんだ、この無能が。

不自然なほど口を大きく開けて笑う女の姿を思い出す。

『教官《ティーチ》』もかつては処刑人だった。多くの禁忌を抹殺することで、世界の平穏を守ってきた。

地獄の日々を生き残り、指導神官になった時も彼女は自分が得た処刑人としての誇りと矜持《きょうじ》を子供たちに教えようとした。

――処刑人の誇りだと？　貴様はバカか。私たちが人を殺す理由など、一つだけだ。

史上最多の禁忌狩り。無慈悲にして誰よりも処刑人であった処刑人。

導師《マスター》『陽炎《フレア》』。

彼女は赴任するなり、先に指導神官として教訓を掲《かか》げていた『教官《ティーチ》』の頰に躊躇《ちゅうちょ》なく短剣を突き刺して、新たな方針を告げた。

——私たちが、悪人だからだ。

「……！」

ぐっと手のひらに爪《つめ》を食い込ませる。

世界の平穏のために活動していたのだという己《おのれ》の活動の意義を、自分よりもはるかに優秀で結果を出していた処刑人『陽炎《フレア》』が否定した。

あれ以来、『教官《ティーチ》』の誇りは打ち砕かれた。ただ言われるがまま子供たちに戦う技術を教えていた日々は、虚ろだった。

「『陽炎《フレア》』……お前は、死んだ」

『陽炎《フレア》』は死に、『教官《ティーチ》』は生きている。

半年前のあの日、なにがあったのかは知らないが、それが結果だ。『陽炎《フレア》』は自らの教え子に殺され、『教官《ティーチ》』は今度こそ処刑人の誇りを受け継がせる教育ができるはずだった。

そこに来たのが、ミシェルだ。彼女は処刑人という存在そのものを解体しようとしている。処刑人という立場は残さなければならない。『陽炎《フレア》』がいなくなったことごときで処刑人がなくなるなど、あってはならない。それには、有無を言わせぬ実績が必要だ。

悔しいが、真っ向からぶつかっても『陽炎の後継《フレアート》』に勝てるビジョンは浮かばない。教典を失ったというのに、別人かと思うほどに彼女は強くなっていた。

だが、正面戦闘など処刑人本来の戦い方ではない。

「必ず、始末してくれる……！」

自分たちを生かしたことといい、『陽炎の後継《フレアート》』はひどく甘くなっている。付け入る隙はいくらでもあるはずだ。

準備が必要だ。策を練り、情報を得て、『陽炎の後継《フレアート》』への優位を得る。

『陽炎《フレア》』が死に、後継者であった『陽炎の後継《フレアート》』も最悪の形で第一身分《ファウスト》を裏切った。

これは、チャンスなのだ。

「私のほうが、奴より正しかったと……処刑人は、この世に必要なのだと……！」

必ず証明してみせると決意を固める『教官《ティーチ》』の耳元で、大きく口を開ける女の笑い声が響いた気がした。


ミシェル襲撃から、およそ半日。

安宿に部屋を取っていたメノウは、厳しい顔をして窓から外を見ていた。

ミシェルとの戦闘後、メノウとアビィは町の外に逃げだすと見せかけて途中で引き返していた。はぐれたマヤを捜索するためだ。

だが見つからない。メノウは同じ部屋にいる女性に告げる。

「……壊された屋敷の跡に行くわよ」

アビィは次の行動指針を告げたメノウから、ついっとゴーグル越しの視線を逸らす。

「まだ探さなきゃ……だめ？」

「だめ」

甘える声をばっさりと切り捨てると、彼女はわかりやすいくらいに不貞腐れた顔になった。

「だぁってさぁー」

「だってじゃないの」

有無を言わせず、ぴしゃりとアビィの意見を断ち切る。ケープマントを身にまとって、すぐにでも出発の用意を整える。

「ミシェルの襲撃の時に、わかったでしょう。あいつらの狙いはマヤよ。理由まではわからないけど、どうせロクでもない企《たくら》みごとをしているに決まっているわ」

メノウたちは現在、遠距離の通信手段を持っていない。神官時代は教典があれば同調させた教典と通信ができた。だが通信魔導のないいま、別行動をする危険性は跳ね上がっている。

それでもメノウとアビィならばお互いに合流を図るだけの能力があるが、マヤは違う。戦闘訓練をしたこともなければ、捜索能力があるわけでもない。下手に純粋概念を使えば、記憶を失ってさらなる危険を呼ぶ。

メノウたちにとって、一番はぐれていけないのはマヤなのだ。

「まずは、吹き飛ばされた屋敷に戻りましょう。昨日、はぐれてからマヤの様子がおかしかったのよ。あの時、たぶんミシェルの教典を持っていたわ。それが残っていれば、情報が得られるはずよ」

「でーもさー？　この世界から消えたほうがいい生ものが消えても誰も困らないじゃん？　世界平和のために見捨てようよ」

「……」

メノウは眉間にしわを寄せる。

はぐれたマヤを見つけるためには、探索能力の高いアビィは頼りになる存在だが、まったく気乗りしていないのを隠す気すらない。このまま無理に押し通しても「見つからなかった」と虚偽の報告をする恐れすらある態度である。

「ていうか、あいついなくなってもなにも困らないじゃん。メノウちゃん、なんであいつを追うの？　無視して『星骸』の情報収集に励もうよ。いっそ、あいつがオトリになってくれるって考えよう！」

「……アビィ」

「なにぃ？　メノウちゃんがいくら言っても――」

ここは変化球で攻めるべきかと、咳《せき》ばらいを入れて意識を切り替える。

これでもメノウは、演技が得意なほうだ。あざとく、上目遣《うわめづか》いで瞳を潤ませる。

「私のためにガンバって、『おねーちゃん』」

「がんばる!!　おねーさん超がんばる！」

アビィが蟲の魔導兵を生み出して、周囲に放つ。あまりの変貌ぶりに、ちょっとプライドを捨てたメノウは呆れる。

「……本当に効くとは思わなかった」

「わかってるッ。メノウちゃんの演技だってわかってるけど、でも……！　この本能には、おねーさん逆らえないのぉ！」

くだらない会話をしながら、メノウたちはあえて人通りの多い道を選んで昨日の戦闘痕に向かう。

「にしても、ミシェルってさ。半年前、北大陸からグリザリカに渡る船で出くわした時も思ったけど……あいつ、さすがに化物すぎない？　教典なしであれとかありえないでしょ」

「相方の神官がいなかったのが、まだ救いよ」

「ああ、あのメガネの……。二人揃《そろ》うと手が付けられないもんね。あの時はまだ海の上だからなんとかなったけど、いまは陸だし。地脈を使われたら、本当に打つ手がなさそう」

【魔法使い】とまで呼ばれるミシェルの真価は、人類だとは思えないほどの導力量と、それを十全に操れることにある。

導力強化、紋章魔導、教典魔導、戦闘技術。

人間が操る導力のすべてが抜きんでていて、しかもバランスが整っている。突くべき欠点がなく、かといって真正面から戦って対抗できる部分がない。魔導行使者として完成しているからのこその【魔法使い】。ハクアに付き従う【使徒《エルダー》】の中でも戦闘面では間違いなく最強だ。

メノウたちが彼女を振り切れたのも、遭遇したのが街中だったからだ。ミシェルは周辺に被害が広がることを恐れ、大規模な魔導をほとんど使わなかった。

誰よりも莫大な導力を操ることができる【魔法使い】がその気になれば、視界の限りを更地にすることも可能なのだ。

ほどなくして屋敷の残骸《ざんがい》が散らばる場所にたどり着くことができた。崩れた屋敷の周囲には数人の見張りがいた。見たところ、神官どころか騎士ですらない雇われの第三身分《コモンズ》だ。

「アビィ」

「大丈夫。罠《わな》じゃない」

事前に蟲を飛ばして周辺を調べていたアビィが保証する。どうやらミシェルの待ち伏せはなさそうだ。

「よし。掘り返して調べるわよ」

「いいけど、当てはあるの？」

「あるわよ。マヤが昨夜に私の部屋に来たんだけど、教典を持っていたのよ。たぶんあれ、ミシェルの教典ね。昨日、マヤが迷子になったじゃない？　たぶんその時に、マヤになにかの目的で渡したと思うのよね」

「へー」

マヤの話となると、とことんまで興味がなさそうだ。彼女にはその場で待機してもらい、メノウは導力迷彩で姿を隠して監視の目を潜り抜ける。

昨日、自分が泊まっていた辺りの瓦礫《がれき》をどける。見張りには気づかれないように慎重に撤去作業を進めていけば、目当てのものはほどなく見つかった。

やはり、教典があった。

それに触れて、導力を通す。条件起動式の罠はない。普通の教典だ。ハクアに通じている恐れもあるが、ミシェルに一度見つかったからには今更だとメノウが教典を開くと、不自然に破り取られている箇所があった。

再び導力迷彩で見張りの目をかいくぐったメノウは、アビィの待っていた場所に戻る。

「これ、再現できる？」

「はいはい。便利な便利なおねーさんですよー」

メノウから教典を受け取ったアビィが、歯車が描かれている下腹部に教典を当てる。

彼女の褐色の肌は、ずぷりと教典を飲み込んでいく。原色概念で構成される魔導兵の体は、異空間につながっているのだ。というよりも、ここにいるアビィが『端末』でしかない。

「んあっ、おいしい……って、あーらら」

体内にある空間で教典を分析、再構成したアビィが、やらかしたなと言いたげな声を出す。

彼女はなぜか自分の胸元に手を突っ込み、手品のように一枚の紙を取り出す。

「はい、破かれていた箇所の再現。即席品で五分も保たないから、ささっと確認しちゃって」

渡されたのは教典の紙片の再現だった。メノウは浮かび上がる導力光の立像に目を通して、内容を確認する。

「あいつ、裏切った？」

これで確定だ。マヤは、ミシェルを通してこの教典を渡されてハクアに誘い出された。

「……まだ、そこまではいってないはずよ」

もし昨日の時点で裏切ったのならば、マヤはミシェルと呼応していたはずだ。

「そそのかされた、程度のものでしょう」

「あはっ。【魔】にとり憑《つ》かれてる分際でそそのかされるとか、おっかしい」

アビィがけらけらと笑う。マヤに対してはとことん塩対応である。メノウは状況を把握すると同時に浮かんだ疑問に首を傾ける。

「マヤを誘い出すにしても、ハクアがまさか本当に聖地から離れるとは思えないけど……」

近眼的になっているのかもしれないと、メノウは思考を広げる。

マヤのこと。ハクアの目的。『星骸』のこと。そして自分が知っている【白】の純粋概念の能力。それぞれを組み合わせていくうちに、引っかかりを感じる。違和感を掘り下げ、さらにピースをつなげると、稲妻のようなひらめきが発生した。

「――――まさか」

「メノウちゃん？」

不思議そうな声が響いたが、答える余裕がなかった。立ち尽くすメノウはじっと目を見開いてアビィを見つめる。

まずい。

自分が思い至った結論に、焼けるほどの焦燥感にかられる。

もし、自分の予想が当たっているのならば、完全に出遅れてしまった。マヤをグリザリカから出すべきでなかったし、一緒に連れてくるのならば彼女から目を離してはいけなかった。最悪でも、ミシェルとの接触を許すほどの隙を見せてはならなかった。

自分の予想通りに事が運んだ場合、この半年の活動が無に帰す――どころか、メノウたちが挽回が効かないほどに追い詰められる可能性まである。

「アビィ！」

「ふぁい⁉」

突然の大声に、アビィが奇声を上げる。

「すぐに出るわ！　マヤを保護するのが、最優先よ！」

なりふりを構う余裕は、いま消え失せた。できるだけ騒ぎは起こさないつもりだったが、場合によってはこちらから様々な相手に襲撃をかける必要性すらある。メノウはそれらのリスクを飲み込んで、マヤを優先する判断を下した。

だが。

――メノウちゃんって、意外と人の気持ちがわかってないよね。

あの時に不機嫌になったマヤの気持ちは、まだ、わかっていなかった。

焦燥とは別の感情が浮かぶ。ぽん、と胸の真ん中に置かれて、動かせないしこりとなる。

処刑人として『迷い人』を殺し続けたメノウが、異世界人である彼女を、どうするべきなのか。

マヤと出会って、半年。いままで目を逸らしてきた問題に、メノウが向き合う時が近づいていた。

「騙《だま》されてるんじゃないの?」

騎士たちの包囲網を無事に脱出することができた後、マヤから事情を聴いたサハラの一言がそれだった。

「だっていかにも怪しいでしょ。『一人で来てください』なんて、愛の告白以外だと罠にはめる常套句じゃない。むしろ、どうして信じてるの?」

「そうだけど……」

反論はできなかった。マヤは恨みがましく自分の前にいる修道服を着た少女を見る。

ウェーブのかかった銀髪。眠たげな目じりが彼女をけだるげな美少女っぽく仕立て上げているが、マヤは知っている。サハラは単純にやる気がないのだ。

「そうじゃないかもしれないじゃない。下僕がご主人さまの決定に口を挟もうだなんて、サハラのくせに生意気だわ。とにかく、あたしはハクアに会う必要があるのよ。だから、メノウから離れて期日までに『遺跡街』の入り口に行く必要があるの」

「ふうん？　まあ、確かに聖地からの移動日数と、私たちの移動速度を考えたら、指定された待ち合わせの日時はこれしかないけど……まあ、マヤがしたいんならすればいいんじゃない？」

そもそも大して興味はないのだろう。サハラは小さく頷《うなず》いたきり、追及しなかった。

その態度に、きゅっと着物の襟を握る。マヤはサハラを脅すことで、どうにか言うことを聞かせている。彼女の小指にはめられたヤモリの指輪。あれがあるからこそ、サハラはマヤの言うことを聞いているのだ。

彼女は、マヤの味方では、ない。

しかも実のところあの指輪にはほとんど呪いを込められていない。サハラとマヤの影をつなげて召喚を可能とする経路をつくる目印の役目しか果たしていないのだ。

自分が、実は彼女を脅す力すらないと知られれば、どっちつかずで適当なサハラのことだ。即座に逃げ出すに決まっている。

「わかればいいの。サハラはあたしの下僕なんだから、言うことを聞けばいいの」

「そうね」

だから必要以上に弱みを見せるわけにはいかない。

マヤとサハラが歩いているのは、線路沿いの道だった。たまに導力光の粒子をまき散らす導力列車が地面を揺らして通り過ぎる。

もちろん列車を使ったほうが移動は早いのだが、駅は完全に見張られている前提でいた。メノウやアビィと違って、マヤたちには顔や体型を変化させる手段はないため、隠れて歩くしかない。

無言で進んでいると、視界に白い粒がよぎる。

雪が降りだしていた。

「これは……本格的に降らないといいけど」

サハラが、ぽつりと呟く。指名手配されている関係上、移動手段に列車を使えないマヤたちにとって、雪の有無は死活問題だ。降雪量次第では、移動もままならなくなる。

サハラがいると、追っ手の対応は本腰になる。なにせサハラの噂の一人歩き具合は壮絶である。メノウが自分の足跡を隠すために、時々サハラに化けて活動していたこともあって、いまや裏事情を知らない第一身分《ファウスト》と第二身分《ノブレス》がもっとも警戒している人物ナンバーワンといっても過言ではない。

サハラ一人ならば整地されていない地域を通り抜けてでも人目を避けられるだろうが、マヤの体力的にそれは不可能だ。最低でも、整地された道を歩かなくては徒歩移動などできない。

だが。

「やっぱり」

道の先で、検問があった。騎士が数人、道を行く人の顔をチェックしている。

人通りが少ないからか、道行く人の人相を確認している騎士は、三人だけだった。メノウやアビィだったら、問題なく対処できるだろう。サハラはどうするのかと、マヤは視線を上げて彼女の顔を見る。

サハラは騎士たちから視線を切らずに、落ち着いた口ぶりでマヤに語りかける。

「マヤ。落ちついて聞いて欲しいのだけどね」

「うん」

真剣な話だと察し、マヤも緊張感のある声で答える。

緊迫感のある空気の中、サハラは問いかけた。

「ここ、どこ？」

ぴゅうっと音を立てて寒風が吹き抜けた。

ぽかん、とマヤが口を開く。いままで先導していたサハラが迷いなく道を歩いていたこともあって、予想すらしていなかった質問だったのだ。

「サハラ……冗談、よね」

「よく考えてみて」

唇を震わせるマヤに、サハラは真面目《まじめ》くさった顔で自分にいかに責任がないのか釈明する。

「グリザリカでゆっくりしていたところを、いきなり呼び出された挙句、即座に逃走劇になったのよ？　そんな私に現在地すらわかるわけないじゃない」

「え……じゃあ、なんで前を歩いてたの……？」

「ここまで、なんか適当に道なりに歩いていただけよ。しいていうなら、成り行きね」

微塵《みじん》も悪びれることのない言い分にマヤの小さな体がわなわなと震える。ちなみに、寒さに震えているわけでは断じてない。

「仕方のないことよね。地図もない、列車も使えない、それに私は北大陸に来たこともない。ここら辺の地理なんてさっぱりよ」

一片の迷いもなく自分を弁護しきったサハラは、義手となった右手を自分の胸に置く。

「つまり、私は悪くないわ」

「サハラぁ⁉」

言葉を失っていたマヤの怒号が響いた。

「なんでサハラってそうなの⁉　行き当たりばったり！　考えなし！　反省しない！　自分のこと恥ずかしくないの⁉」

「まったく思わないわ。いつだって私に責任の所在はどこにもないから」

「なんでそんなこと言えるのか、ちっともわからないわ⁉　お仕置きしてあげるから、そこに直って！」

「普通に嫌。私にも尊厳というものがある。地面に正座なんてできるはずがないわ」

「無駄なプライドなんて捨てて！　右手のそれ、発動させるわよ⁉」

「ごめんなさい。今回の反省を活《い》かして、次からは善処していきます」

「政治家の反省文みたいな言い訳、やめて‼　ムッカつくわ！」

マヤは声を潜ませることすら忘れて怒鳴りつける。傍から見れば、幼女に叱《しか》られている修道女である。普通に目立っていた。

「あれは……」

「まさか、いや……しかし」

「ありえない、と言い切れないか……？」

マヤたちの姿を発見した騎士たちは困惑した表情でささやき合う。

姿形や服装は手配書通りなのだが、あまりにも目立ちすぎている上に仲間割れというには言い合いの内容が低次元過ぎる。騎士たちは名高い『第四《フォース》』総督が幼女に説教されているという状況に確信が持てずにいた。

もしやと思いながらも、他人の空似なのではと、ひそひそちらちらと視線を送っているうちに、彼女たちが騎士たちに見つかったことに気づいて静止した。幼女のほうは、心なしか青ざめている。

その反応に、騎士たちも確信する。

「『第四《フォース》』総督、発見しました！」

「応援を呼べ！　距離を取って、対象を捕捉し続けるんだ！　応援が来るまで決して無理はするなよッ！　人海戦術で押しつぶせる数が揃うまで、とにかく目を離すな！」

決断すれば動きが早いのが騎士である。伝令が駆けていき、残りがマヤたちを視界の範疇《はんちゅう》に収める距離を保つ。応援が来るまでサハラたちを見逃さないよう、監視に徹する構えだ。

一気に悪くなった事態に、マヤは顔を真っ赤《まっか》にする。

「サハラの役立たずのポンコツ！　あんぽんたんの疫病神！」

「私のせいなの、これ？」

「そうに決まってるじゃない！　あたしのおかげでミシェルには襲われないのに、サハラのせいで騎士に粘着されてるもの!!」

「ええー……じゃあ、喚ばなきゃよかったのに」

「つべこべ言わないの!!」

納得いかない表情のサハラを怒鳴りつけて、マヤはまた騎士からの逃走劇を繰り広げる羽目になった。


教会から神官服の襟首《えりくび》をつかまれてずるずると引きずられる女性の姿があった。

緑髪を三つ編みにしたメガネの神官である。腰にぶら下がっている小ぶりな首切り剣は、彼女が異端審問官であることを示している。だがその柄は、触ったことがあるかどうかすら怪しいほどぴっかぴかだ。実用武器として振るっているミシェルと違い、完全に飾りにしているのが見て取れる。

「ねーねー、ミシェルちゃーん」

自分の名前を呼ぶ声に、ミシェルの眉間にしわが刻まれる。お気楽な調子は、異端審問官だとは思えない上に年上だとも思いたくない。

そんなミシェルに、実は先輩であるフーズヤードはずるずると引きずられながら、勝手な主張をする。

「まだ私、この町から出たくないよ？　地脈から引き込んだ導力線を精査して、整備計画を仕上げて提出するっていう作業が、まだまだ残ってるの。町の導力線への接続許可なんて、そうそう下りないいんだからこのチャンスを逃したくないんだよ？」

「お前の仕事か、それは？」

「趣味だけどぉ……ぴゃぅ!?」

最後の奇声は、ぐずぐずとするフーズヤードの背中をたたいた結果だ。

異端審問官という仕事に対してまるで熱意がないが、フーズヤードには他にない能力がある。儀式魔導に関しては、おそらくミシェル以上であり、もはや技能を超えた異能の域だ。

それこそ、いまミシェルが『主』の直轄部隊として集めている異能集団にふさわしいほどに。

ミシェルの弱点は、数だった。逃亡、潜伏を繰り返す敵を追う手駒《てごま》を持っていなかった。だからこそ『陽炎《フレア》』が死に『陽炎の後継《フレアート》』が裏切ったことで立場を失くしていた処刑人を自分の指揮下に置くことで、数を増やした。質に関しても、直轄部隊の面々がいれば十分だ。

「まずは処刑人どもを使って『陽炎の後継《フレアート》』を追い込むぞ。手筈はわかってるな」

「……嫌だなぁ。罪悪感がさ、こう、すごい。すごい嫌だ」

「なんだ。前線に出たいならそう言え。すぐにでも合流させてやる」

「謹んで頑張らせていただきます！」

フーズヤードが、しゃんと背筋《せすじ》を伸ばす。

ミシェルからしてみれば、メノウは『遺跡街』にたどり着くまでに処分しておきたい対象だ。マヤから引き離したいまとなっては、躊躇なく抹殺すべき相手である。最初の襲撃で逃がしてしまって居場所を見失った彼女たちを発見したのは、フーズヤードだ。

「はぁ……地脈探知にかこつけて、もっといじれると思ったんだけどなぁ」

導力を基礎エネルギーとして発展してきたこの世界において、町づくりの最初に考慮するのは安定的な導力の供給だ。町を照らす灯、人を温める熱、導力は町を安定的に運営するための源となる。

だからこそ、大きな町ほど必ずといっていいほど地脈の上に築かれる。

教会を中心にして地脈を汲み上げ、導力を通す素材によって街中に人工的な導力の流れをつ

くり、要所に点在させた祠《ほこら》を経由して住宅街や工業用地へと必要な導力量を振り分ける。細かく張り巡らせて管理している導力線は、導力で支えられた町の生活と産業を支えている。

彼女はこの町の教会にある導力線を管理する儀式魔導施設を借り受け、本来ならば数十人規模で運用するシステムをたった一人で掌握、利用することでメノウたちを探知した。

並ぶ者がいないほどの儀式魔導行使をなんとも思っていないフーズヤードは、ミシェルに言いつけられたことに、げんなりと肩を落とす。

「処刑人だった人たち、ぜんぜん言うこと聞く気がなさそうだけど、よくああいうこと思いつくよね、ミシェルちゃんって」

「どのような無能でも使いようがある。そもそも、選ぶのは奴等次第だ」

「そういうとこ、ミシェルちゃんらしいよね。欲しい結果は強引に両得しようとして、達成しちゃうの」

「知ったような口を。貴様に私のなにがわかる」

「んーん」

フーズヤードが首を横に振る。

「前の上司が、そういう人だったから。ミシェルちゃんもそうかなって。エルカミ大司教。ミシェルちゃんも聖地出身の神官なら、名前くらいは知ってるでしょ？」

「……」

フーズヤードの何気ない問いかけに、思わず黙り込む。

第一身分《ファウスト》の聖地、大司教エルカミ。

エルカミというのは、前の自分だ。いまはミシェルと名乗っている彼女は、ハクアのために何度も何度も人生をやり直している。

やり直す前の記憶はない。だが前回の自分は、ふがいないことに仕えるべき主であるハクアのいる聖地の防衛すらままならなかったらしい。

いまの自分は、そのようなことはない。

「……お前の前の上司の性格がそうだとして、そいつと私に、なんの関係がある」

「さあ？」

フーズヤードは不思議なほどさわやかに笑う。

彼女は、禁忌に一切《いっさい》のかかわりがない。ミシェルはそのことに改めて気づかされた。

「それを知りたいから、一緒にいるのかもね」

「お前が私と一緒にいるのは、仕事だ」

「そうだけどぉ……」

後輩の生真面目《きまじめ》で素気ない態度に、フーズヤードはがっくりと肩を落とした。

「それにしても『遺跡街』かぁ。前にも一回見たことがあるから、もういいんだけどなぁ」

「貴様ほどの変態ならば、観察したいと言い出すものだとばかり思っていたが、意外とおとなしいのだな」

「あれも龍脈の重要地だから、そりゃー見てますよ。いまの魔導技術じゃ接続経路がないけど、素材学がもっと発展すれば魅力的すぎる場所だもん。でも、あれはさ。違うよね」

フーズヤードが眼鏡《めがね》に導力を通して、そこに刻まれた紋章【導視】を起動させる。導力の流れを可視化する紋章魔導を通して見るのは、空に浮かぶ『星骸』だ。

「あれは、もうすでに『星骸』と組み合わせることを前提とした導力だもん。『遺跡街』もそうだけど、北大陸の龍脈は私がいじるまでもないからあんまり好きじゃないんだよね……街中の導力線いじってたほうがいい……」

意味不明に聞こえるフーズヤードの言葉の意味するところを理解し、ミシェルは愕然《がくぜん》とする。

フーズヤードの読みは正鵠を射ていた。『星骸』を見てその正解を導き出せる魔導行使者が、大陸に何人にいるか。いや、それどころか、いまより遥《はる》かに導力文明が発展していた千年前ですら、いまのフーズヤードの結論まで至った者など、ほとんどいない。

これだけ後退した導力文明で育ちながら、彼女はいま古代文明期に『最優』と呼ばれた純粋概念【星】の魔導理論に指をかけたのだ。導力に対する膨大な知識とセンスがなければ不可能である。

「お前は……」

「ん、なに？」

「……いや」

ぞくりと冷えた背筋の震えを振り払う。

戦闘が強い弱いの範疇にいない。そういう天才もいるということのだけだ。

結局のところ、世界を動かす力というのはフーズヤードのような才能を持つ人間が発端となって生まれる。魔導技術の発展は、超人の武力をすら置き去りにするのだ。

かつて千年前では、ミシェルですら名前のない一兵卒でしかなかったように。

空に浮かぶ『星骸』は、数多の人災《ヒューマン・エラー》を凌ぐ抑止力だった。世界を動かせるその力の管理は【星読み】に一任すべきであり、『陽炎の後継《フレアート》』はもちろん、他の誰の手にもゆだねるべきではない。

「やはり、貴様は私の目の届くところにいろ。今回の役目が終わっても、離さんからな」

「わーい。私、後輩に好かれて嬉《うれ》しーなー」

棒読みで言うフーズヤードは、列車に乗るまでミシェルに引きずられていった。


そこは、古びた礼拝堂だった。

町の片隅にある教会で、『教官《ティーチ》』がひそかに呼びかけた第一身分《ファウスト》による集会が行われる予定だった。白服、藍服を問わず、多くの神官が集まっている。礼拝堂の席に収まりきらずに、後ろや側廊に立ち見をしている人数のほうが多いほどだ。

彼女たちは反ミシェルともいえる派閥だ。ほとんどは、処刑人として裏の世界で泥をかぶり続けてきた神官である。彼女たちにとって、ミシェルを中心にして進む処刑人という体制の解体は、自分たちに報いることのない横暴だった。

異様な雰囲気の中、かつかつかつと教壇に上がる足音が響いた。

礼拝堂の教壇に上がったのは、頬に大きな傷跡がある神官だ。処刑人育成施設の指導員であった『教官《ティーチ》』である。

「皆、今日はよく集まってくれた。話は一つ。強権を振るう異端審問官、ミシェルの件だ」

口火を切った『教官《ティーチ》』の声が礼拝堂に反響して浸透する。

「ミシェルが有能なのは認めよう。まっとうな手段で第一身分《ファウスト》の中で位階を上げるというのならば、従おう。だが！」

ひときわ大きく声を上げて、憎悪に顔をゆがめる。

「奴は、第一身分《ファウスト》の中に禁忌を引き込んだ！」

しん、と痛いほどの静寂が満ちた。

無反応の静けさではない。張り詰めた緊張感を発生させる、嵐《あらし》の前の静けさだ。

「ミシェルが『主』直属の部隊とうそぶいて集めたメンバーは異端揃いだ。無理な異動を押し通しただけならばともかく、禁忌の存在すら混ざっている。なにより――あの『神官殺し』ゲノム・クトゥルワすらもメンバーに入っているのだ！」

ゲノムの名前が出た瞬間、礼拝堂が殺気に満ちた。特に三十歳以上の神官の殺意は色濃い。

彼女たちは、ゲノムが『神官殺し』と呼ばれるようになった世代の当事者だ。第三身分《コモンズ》から生まれた怪物が、どれだけ被害をまき散らしたのか、身をもって実感している。

「表ざたにこそなっていないが、『絡繰り世』から出てきたゲノムを招聘《しょうへい》したのは間違いない。奴がまともでない証明に、それ以上のものなどないッ。どんな手段を使ってでもミシェルは異端審問官から引きずり落とす！　最悪の背信者『陽炎の後継《フレアート》』を我らで捕らえ、その功績でもってミシェルの責を問おうではないか!!」

『教官《ティーチ》』の言葉に、賛同の声が響いた。

処刑人である自分たちをないがしろにするミシェルへの反感、彼女が集めた人員への嫌悪、そしてゲノム・クトゥルワへの憎悪。この場にいる神官たちが口々に怒りを吐き出し、怒号のるつぼができあがる。

負の感情は、時に【魔】を呼ぶ。

もちろん、魔導はめったなことでは自然発動することはない。しかしながら、これだけの人数の負の感情を煽れば、人為的に【魔】を呼ぶことはたやすくなる。

白服神官の一人が、わずかに不審な動きをする。彼女が取り出したのは紅い錠剤だ。かつて大陸最南端の港町リベールで流通していた禁忌、『魔薬』と呼ばれていた物体である。

「まったく……【魔法使い】も手ぬるいことじゃ」

マノン・リベールが使用した時は人体に摂取させて魔物化させるという用途に使用していたが、魔薬は異世界人の――『万魔殿《パンデモニウム》』の体の一部だ。

異世界人の体は、優れた魔導素材になる。

『魔薬』も例外ではない。

ひそやかに、これだけ神官たちが集まる中で誰一人に気が付かれることなく、原罪魔導により悪意が召喚された。

『導力：生贄供犠――魔薬・擬似概念――召喚【原罪ヶ悪：煽妬】』

処刑人たちの熱気に紛《まぎ》れて、壇上にいる『教官《ティーチ》』の頭上に赤黒い靄が発生していた。怪しげな煙は耳から彼女の体の内部へと侵入し、痕跡すら残さず消え去った。

「さて、これでよい。どちらも、さぞ困るであろうよ」

自分の魔導の結果を見届けた白服の口元には、世界すべてをせせら笑うような冷笑が浮かんでいる。ゆっくりと目を閉じた彼女は、不意に、かくんとアゴを落とした。

立ったまま居眠りをして、船をこぐ仕草だ。

はっと目を覚ました白服の神官は、不安そうに周囲を見渡す。周りに集まっている神官たちが異様な雰囲気を醸し出していることに気が付き、慌てて外に出た。

白服の彼女は処刑人ですらなく、集会に呼ばれてすらいない、この町の善良な神官だった。

もちろん原罪魔導に関わったこともなければ、『魔薬』なんてものに触れた記憶もない。

そんな神官が集会に混ざっていたことも知らず、反ミシェルを掲げる彼女たちは処刑人の誇りを取り戻すために、メノウたちの襲撃を計画した。

幕間

Interlude

「君は弱い」

「……」

水色のセーラー服の上に羽織《はお》った白衣をたなびかせる廼乃《のの》の言葉に、摩耶《まや》はうつむく。

白亜《はくあ》に助けられて彼女の活動について歩くようになって以来、彼女は自分の弱さを痛感していた。

「有機物を変質させる君の純粋概念は魔導研究者にとっては垂涎ものだけど、反面、戦力としてはお粗末だね」

純粋概念【魔】。

摩耶の持つ能力は名前こそまがまがしいが、発動できる魔導の効果は他の純粋概念に比べて非力だった。まったく理《ことわり》の異なる異界から、召喚する能力。呼び出せる魔物にしても、白亜や龍之介《りゅうのすけ》はもちろん、武装導器で固めた治安部隊にあっさり駆逐されてしまうほど弱い。

おそらく摩耶に宿っている純粋概念ほど弱いものは他にないだろう。実際、白亜たちと合流してから摩耶が力になれることはなかった。摩耶は守られてばかりだった。

だからこそ、次の言葉は予想もしていなかった。

「だから、怖いんだよ」

「え？」

「もし君が人災《ヒューマン・エラー》になった時、どれほどになるのか。僕にもそれがわからないんだ」

人災《ヒューマン・エラー》。

硒乃がいま口に出した単語は、記憶を失った日本人のなれの果てを示すものだ。純粋概念の発動は、精神を構成する記憶を代償として発動する。なんの対策もなく純粋概念を行使し続ければ、精神が純粋概念に蝕《むしば》まれて概念のまま魔導をまき散らす災厄となるのだ。

「で、でも……あたし、弱いわよ？」

「だが、特殊だ」

弱気な言葉に、即座に反証がされる。

「この世界に召喚された日本人は、次元の経路を通過するときに概念を付与される。純粋概念といっても、世界に存在するものに対して作用するものでしかない。いまこの星にあるものに準じた現象を導力で発動する。それが魔導現象というもので、僕も、龍之介も、あの白亜ですらその法則は変わらない。作用する力が莫大であれど、この世界の範疇《はんちゅう》に収まるものだった」

瞳《ひとみ》に輝く星型の導力光が、摩耶を射抜く。

「だというのに、君とカー君の純粋概念だけは、無から有を創り出すことができる」

廼乃の言わんとする意味が、摩耶にはよくわからなかった。

確かに摩耶の魔導は、この世界には存在しない場所から魔物を召喚する。研究者によって『原罪概念異界』と名付けられた異界がなぜ存在するのか、どうしてそこに魔物がいるのか、まったくの不明だ。

「カー君は、史上二人目の【器】だ。かなり昔に初代の【器】は人 災《ヒューマン・エラー》になって討伐されたから原色概念はカー君以前から偏在しているけど、カー君はそれをさらに洗練させた。正直、カー君は初代【器】なんかより、次元が違うほどに原色概念を使いこなしている。そして摩耶……【魔】の純粋概念を宿したのは君が世界初だ」

廼乃の瞳にある感情は、まぎれもない畏怖《いふ》だった。

「君の原罪概念異界と、カー君の原色格納空間。君たちの純粋概念は、この世界とは違う次元から力を引き出している。もちろん魔導なんてものがない地球にもつながっていない。ということは、たぶん君たちの概念は、どこかの世界の種になりうる場所なんだ」

「世界の……種？」

「ああ。君が有機物、カー君は無機物だという違いはあれど、君たちの純粋概念は異なる世界を内包している。この世界から派生した違う世界の創世者足りえる可能性がある君たちの人 災《ヒューマン・エラー》は、本当にどうしようもない災厄になる。そんな気がしてならないんだよ」

語られる内容に、摩耶は徐々に不安になってきた。

「それって、予言……？」

星崎《ほしざき》廼乃。

彼女の瞳に宿る純粋概念【星】の能力、未来予知は有名だ。現代日本を超える高度な導力文明であるこの世界でも、一度として外れたことのない彼女の予言を渇望する人間は数多い。

「ん？　違うよ」

廼乃はあっさりと首を横に振った。

「いくら純粋概念を持っていても、人間の脳みそじゃ未来情報の演算は不可能だからね。僕一人でできるのは未来情報の抽出までで、予言として確定まで至る解析は無理だ。世界に名高い天才美少女ノノちゃんといえど、一人で予言は宣告できないよ」

「え？　じゃ、じゃあ……」

「ほほう、この大天才たる僕一人ではできないなら、どうすれば予知ができるかって？　そこは、このカー君の功績さ！」

そんなことは聞いていないのだが、上昇を始めた廼乃のテンションは止まらない。今日は立方体になって浮いている謎《なぞ》物質Xこと純粋概念【器】の持ち主、我堂《がどう》をばんっと叩《たた》く。

「カー君はすごいんだぞ！　量子コンピューターも真《ま》っ青《さお》の高度演算性能がある導力回路をワンオフで創造できるんだ！　僕が受け取った未来情報を、カー君が造った魔導演算回路で解析することで僕たちの大魔導【占星】は完成するんだよ！　つまりあらゆる予言は僕とカー君の絆《きずな》と愛の結晶っ、二人の子供といっても過言じゃないね！」

「ふーん？　それってすごいの？」

「ああ！　演算装置が人型褐色美少女なのはキモいけど、カー君はすごいんだぞぉ！　いま作ってる北の魔導施設だって、カー君の【星読み】ありきだしね！」

すごさがぴんとこなかった。摩耶からすると、やろうと思えば空の月ほどに巨大になれるという龍之介や、その彼よりさらに強いという白亜のほうがよほどすごいように思える。

小首を傾げる摩耶をよそに、硒乃は白衣をまとった肘《ひじ》で浮遊している謎物体を小突く。我堂が入っているらしい物体は日によって形が変わるのだが、今日は立方体だった。

「ははは、カー君ってば、赤くなっちゃって。照れるなよ。君はすごいんだぞぉ、うりうり。もっと自分を誇れよぉ！　へへ、こんなに熱くなっちゃって照れすぎ……あづぅッ!?」

硒乃の白衣が、ぼわっと発火した。

真っ赤《か》な色で発熱しているあたり、摩耶から見ると照れというより怒りの赤のような気がしていたのは気のせいではなかったようだ。硒乃の絡みかたがうざかったのだろう。

「も、燃え――ちょ!?　カー君!?　なんで――ぇうあちちちッ!?　あんぎゃー！」

文字通り炎上した硒乃が悲鳴を上げて地面をのたうち回る。

友情なのか慈悲なのか、それとも追い打ちなのか、全身に火が回る前に、一部の色を青くした謎物質Xから水が噴射されて硒乃を消火する。

「ふっ、ありがとう、カー君。やっぱりボクたちは固い絆で結ばれているんだね」

火が消えるやいなや、ずぶぬれになった哂乃が水を滴《したた》らせながら、ニヒルに笑う。

「そもそも、この世紀の天才美少女ノノちゃんがいる限り、君たちが人災《ヒューマン・エラー》になる心配はないんだよ。記憶の供給装置なんてなくても、僕が【星】から世界記憶を引き出せるからね！」

彼女の言葉通り、哂乃は己《おのれ》の純粋概念で記憶が補填できる稀《まれ》な能力の持ち主だ。純粋概念を持ちながら、決して人災《ヒューマン・エラー》となることがないと運命づけられている稀有な存在である。

「記憶の供給導器をクラウド化したのも、ボクの功績だぜ？　もとから記憶の供給導器はあったけど、あれは事前に記録しておくのが大前提だからね。古き良き上書き記録のセーブ&ロードのゲームシステムと一緒だよ。万が一の時はぜーんぶパァ！」

「古いの？」

ゲームのデータ保存が上書きなのは普通じゃないかと首を傾《かし》げる摩耶に、哂乃がきらりと瞳の星を光らせた。

「お。摩耶。君、平成初期の生まれだろう」

「そうだけど……」

「ボクは令和後期生まれだ。君より、半世紀くらい後の日本から来た」

未来から、と聞いてびっくりと目を見開く摩耶に、哂乃がふふーんと胸を張る。

「地球からこの世界に召喚される条件は、だいぶ限定されているからね。統計的事実から、場所は日本で、時代は昭和中期から令和後期までなんだ。なんでかっていう仮説は立ててるけど……聞きたいかい?」

「ぜんぜん聞きたくないわ。廼乃の話、いっつも小難しいんだもの」

長く難しい話には興味がない。マヤの答えに話したがりの廼乃がしょんぼりとする。

「そっかぁ……ま、つまりボクの純粋概念【星】の世界接続は、未来を読むためのステップなんだよ。星に遍在する導力に記憶された情報を読み取るための、より深い接続だぜ!」

その人が現在に至るまでのすべてを知らなければ、未来を読めるはずがない。記憶を引き出せるのは、彼女の純粋概念の副産物に近い。

自分の能力を明かした廼乃は、そっと摩耶の頭に手を置く。

「だから、なんだ。この星の情報を知れる僕は、君がひどい目にあってきたことも知っている。つらいことがあれば、遠慮なく打ち明けたまえよ、摩耶」

「……廼乃」

「なんだい?」

「濡《ぬ》れた手で、人の髪に触らないで。かわいいあたしの髪型が崩れちゃうわ」

「かわいくないな君は!」

助けてくれて、守ってくれて、時に笑い合う彼女たちと自分は、確かに仲間だった。

まだ、覚えている。

歩きながら自分の記憶を整理していたマヤは、ほっと息を吐く。

騎士たちに追われて、サハラを喚《よ》び出す前に純粋概念を何度か行使した。その時の代償でなにを忘れたのか、順繰りに昔の記憶を引っ張りだしながら整理をしていたのだ。

純粋概念を振るう異世界人の人災《ヒューマン・エラー》への道は、必ずしも一定ではない。個人差があるし、なにより失った記憶がどれだけその人の人格に関《かか》わっているかで純粋概念の浸食率は変わる。

親、兄弟姉妹《しまい》、友人に知人。

自分にとって大切な人のことを忘れれば忘れるほど、精神の変容は早まる。自分という記憶の連続性がなくなった時点で一気に加速していく。自分の核になる部分の記憶が消失して自意識が揺らぐと、性格が変質して雪崩《なだれ》をうつ勢いで人格が崩れ、純粋概念に飲み込まれてしまう。

だからマヤは、まだ大丈夫だった。

大切な思い出は、きちんと残っている。まだ自分が自分でいられることを確認したマヤは、顔を上げて周囲の光景を見る。

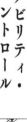

幸運なことに、マヤたちは雪が本格化する前に町に着くことができた。

街道の検問に発見されて大部隊が編制されかけた時は年貢の納め時かと覚悟したのだが、なにやら途中で明らかに捜索の手が緩《ゆる》んだ。本部がどうだの、町でどうしたのと伝令が騒いでいた辺り、もしかしたらマヤたちに構っていられないほどの大事件が起きたのかもしれない。

「ふう。大変な逃走劇だったわね」

当のサハラはといえば、自分の苦労をアピールするために、わざとらしく額《ひたい》の汗を拭《ぬぐ》うしぐさをする。

「騎士たちの手から逃れること、二回。包囲された町から脱出して、街道の検問も突破。雪が本格化する前に、無事に次の町に到着した。我ながら大手柄ね。褒めてくれてもいいのよ？　具体的に言えば、ほら、この小指にあるヤモリの指輪の呪《のろ》いを解いてくれても――」

「ここ……」

自分は頑張ったぞとドヤ顔して厚かましい要求をするサハラの横で、マヤは茫然としていた。彼女にとって、いまいる場所は見覚えのある町だった。

「戻ってるんだけど」

「……」

その一言に事情を察したサハラは「あっ」みたいな顔をしてから気まずそうに視線をそらした。マヤはぐいぐいとサハラの修道服の袖《そで》を引っ張る。

「ねえ、サハラ。戻ってるわ。ここ、メノウたちと別れた街よ？　どういうことなの？　あたしたち、進んでいたんじゃなかったかしら。ねえ？　ねえ、サハラ！」

「人生っていうのは、三歩進んで二歩下がるものなのよ」

「言い訳はそれだけでいいのね……！」

「いふぁいいふぁい」

つま先立ちしたマヤが、両手でぎりぎりとサハラの頬《ほお》をつねる。身長が低いせいで下への引っ張る力も加わって、結構な痛みのお仕置きになっていた。

「どうするのッ。これじゃ、間に合わないわ！　徒歩じゃ、どうやっても待ち合わせの場所に着けないもの！」

「これを機に、おとなしくグリザリカに帰るっていうのは？」

「ヤよ！」

やる気ゼロのサハラに、烈火のごとく拒否を放つ。

ハクアに指定された待ち合わせまで、あと二日。『遺跡街』までは、徒歩だとどう頑張ったところで五日以上はかかる。その上、雪まで降っているのだ。雪中装備もなく町の外に出れば遭難待ったなしである。

もはやマヤが約束の場所にたどり着くのは絶望的だ。サハラはしたり顔で続ける。

「むしろ、よかったってポジティブに考えるといい。マヤがなにをしたいか知らないけど、絶対に騙《だま》されているから」

「よ、く、も！　下僕の分際で、ご主人さまに生意気なこと言ってくれるわね！」

「ご主人様というのなら、まずは私のことを養ってほしい。話はそれから」

「あたしみたいな小さな子に養われたいの⁉　サハラは人としてのプライドがないの⁉」

「別に、楽させてくれるなら誰でも……ていうか、マヤ。目的地どころか、この町で寝泊まりできるかも怪しいわ」

うぐっ、とマヤは言葉を喉《のど》に詰まらせる。

『第四《フォース》』経由で用意されていた隠れ家は壊されているし、宿泊所は言わずもがな、手配書が回っているだろう。このまま無警戒に顔を出して街中を歩いていれば通報の一択だ。街中でもこの天候で野ざらしに一夜過ごせば、明日には立派な凍死体が出来上がっているだろう。今夜の命がピンチだ。

「あ、あの」

さてどうするかと悩んでいると、声を掛けられた。

視線を向けた先にいたのは、マヤよりは年上だが、まだ幼い年頃の少女だ。号外か新聞の切れはしか、彼女の手にはメノウとサハラの姿が載っている紙が握られていた。

まずい。二人の顔に緊張が走る。

この少女は明らかにサハラのことを『第四《フォース》』総督だと認識している。善良な第三身分《コモンズ》ならば通報をためらわないだろう。

「ま、待ってください！　『陽炎の後継《フレアート》』さんには、助けてもらったんですっ！」

マヤの許可も取らずにとっさに踵《きびす》を返したサハラを、少女が慌てた声で呼び止める。

「お、恩返しのために、お二人をかくまわせてくださいっ」

ツナギの上に防寒具を着た地元民の少女は、そう申し出た。


崩れ落ちた建物の中。倒れた騎士たちに、蟻が群がっていた。

彼らはサハラがマヤに召喚された町にいた騎士たちだ。自分たちの包囲が突破された後も、周辺街道の検問を強化して粘り強くサハラを追っていた。

その甲斐あって彼らは『第四《フォース》』総督を発見した。伝令からもたらされた情報をもとに出動の準備を始め、今度こそ逃がしはしないと息まいていた騎士たちだったが、そのタイミングで襲撃をかけられて壊滅してしまった。

襲撃者は、メノウとアビィだ。

「まったく。妹ちゃんに襲いかかろうなんて、悪い子たちだね。年下じゃなかったら肉体ごと分解して赤の素材をごちそうさましてるところだよ！　めッ！　わかったかな！」

「気絶してるわよ、全員」

意識を失った彼らにたかっているのは、小さな部品で構成された蟻だ。導器である武器を解体している。せっせと運ぶ先は巣穴ではなく、アビィの足元だ。三原色の魔導兵である彼女は、運ばれてくる素材を褐色肌に通して自分の中へと収納していく。

武装解除と素材補充を同時進行しているのだ。騎士たちの装備をすべて食い尽くした彼女は、自分の下腹部に描かれている歯車マークをつるりと撫《な》でる。

「うーん、量も少ないし、素材が粗悪だなぁ。【魔法使い】に減らされた残機に全然足らないし、おねーさんは不満だよ」

マヤがハクアに誘い出されたと知ったメノウたちがまず取った行動は、手近の町に設置されている騎士の詰め所に盗聴を仕掛けることだった。

いくらアビィの索敵能力が高いといっても、この季節で目立たない程度に飛ばせる蟲の数などたかが知れている。ならばと逆転の発想で、情報収集能力がある集団に見張りをつけた。原罪概念を扱うマヤは、遅かれ早かれ騒ぎを起こしてしまう可能性が高い。そのときに出動するであろう神官たちと騎士たち、二つの動向を見張っていたのだ。

マヤを発見したのは町の治安維持をつかさどる騎士だった。すぐさま駆けつけたものの、メノウたちがこの町に来るのと入れ違いでマヤは移動してしまった。

だが、少しだけ明るい情報も得られた。

「マヤの傍《そば》にサハラがいてくれて、よかったわ」

マヤがサハラと一緒にいるとの情報だ。一人での行動を諦めて、マヤが召喚したのだろう。

メノウにとっては朗報だ。マヤを狙《ねら》われているという事実はあれど、彼女が一人で行動しているわけではないというのが救いだった。

メノウとは裏腹に、その情報が凶報となったのはアビィである。

「よくない。ぜんっぜんよくない。あの生ゴミ、よりによって妹ちゃんを連れてくるとか、ほんっと……！　年下が年上をかばうなんて、非生産的なことがあっちゃいけないっておねーさんは思うんだな！」

「そうね。そういう考えも存在しなくはなくもないわね」

メノウは首肯する。賛同したわけではなく。とてもめんどくさかったので適当に流す構えだ。

「サハラには期待してるけど、やっぱり確実なのは私たちがマヤと合流することだわ。もし先にマヤがハクアと会ったら、本当にまずいわ」

メノウが焦っている理由は、マヤが危険にさらされているからというだけではない。

「ハクアの狙いは、まず間違いなくマヤの純粋概念【魔】よ」

マヤが魂に癒着させた純粋概念【魔】の危険性ゆえだ。

【魔】の暴走を恐れているわけではない。ここ半年、マヤは自分に宿った純粋概念を怖がっている節があった。一人ならともかく、サハラがそばにいる状況で人災《ヒューマン・エラー》化するまで純粋概念を使うことはまずないだろう。万が一暴走したとしても、小指でしかないマヤだったら、いまのメノウでも対処ができる。

だからメノウが危機感を抱いているのは、そこではなかった。

「アビィ。アーシュナ殿下と一緒にグリザリカで【防人《さきもり》】に対抗できたのには、あなたたちの助力が大きく関わっているわ」

「へっへーん。あのお子様年長者とは違いますから！」

革命と呼ぶべきグリザリカ王国の変革を主導したのはアーシュナ・グリザリカだ。だがアビィたち一派の原色知性体の影響は無視できない。いまのグリザリカがハクアであっても容易に手出しをできない戦力を揃えている理由は、彼らにある。

知性を得た魔導兵はおそろしく強く、賢い。

だが、原色概念は原罪概念に弱いのだ。

三原色の発生源となる原色空間は、ほとんど触れるだけで原罪概念異界に浸食されて変質してしまうのだ。力の多寡すら問題ではなく、相性として原罪概念が上位にある。

「ハクアが【魔】を手に入れたら、グリザリカはあっさり陥落するわ。『絡繰り世《からくよ》』諸共ね」

「ほーら。だから、あの汚染生物の性質を甘く見てるっていったじゃん。消毒ぅ！　さっさと消しちゃおう、この機会に！」

アビィの主張を黙殺する。

今回マヤを誘い出したハクアの狙いは、メノウたちにとっても致命的になる可能性があるのだ。

【白】の純粋概念は、他の概念を写しとることができる。ハクアが原色概念に対して致命的効果を発揮する【魔】を手に入れたが最後、『絡繰り世』から生まれた魔導兵が主力になっているグリザリカという本拠地が瓦解してしまう。そうなってしまったら、メノウたちがどんな力を得ようと、ハクアにたどり着く前に第一身分《ファウスト》の数に押しつぶされる。

だが、マヤの独断行動がもたらしたのは、必ずしも悪い話ばかりではなかった。

ミシェル個人は、メノウたちに絶対に勝てると言っていいほど強い。メノウたちがグリザリカを出たことをすぐに察知した情報収集能力もある。メノウたちがやられて本当に嫌だったのは、『遺跡街』の入り口を固められることだったのだ。

『星骸《せいがい》』を求めて北大陸に来たメノウたちにとって、たった一つしかない『遺跡街』の出入り口を固めるミシェルをどうやって突破するかが、最初にして最難関になるはずだった。

だが今回、ハクアがマヤをおびき出すための待ち合わせ場所を『遺跡街』の入り口にしたせいで、ミシェルは最善の一手を打てなくなった。待ち伏せという策を捨て、むしろメノウたちを『遺跡街』の入り口に近づけないように襲撃しなくてはならなくなった。

さらには、北に来て真っ先に襲ってきた『教官《ティーチ》』の様子からして、おそらく第一身分《ファウスト》内で分裂が起こっている。元処刑人たちを中心として、急速に台頭するミシェルについていけない一部の神官が反発している。彼女たちの目的はわかりやすく組織政治の考えに則っている。聖地を崩壊させたメノウを捕えることで、自分たちの優位を築くつもりだろう。

メノウとアビィ、マヤとサハラ、ミシェルとハクア、『教官《ティーチ》』を筆頭とした元処刑人。

様々な思惑が錯綜している現状は、メノウたちにとって好機になりえる。

「肝心のマヤたちは……なぜか、戻ってるわね」

壊滅させた騎士たちの詰め所からマヤたちの足取りを割り出したメノウは小首を傾げる。

マヤとハクアの待ち合わせ場所は『遺跡街』の入り口周辺で間違いない。だがマヤたちは逆方向に進んでいる。

「迷ってるのかしら。いっそこのまま期日切れになったら、それはそれでいいんだけど……」

「メノウちゃんたら、本当にお人好《ひとよ》しだね。昔の仲間に甘い言葉をかけられるだけで、ほいほい連れだされたあいつを助けようとしてるんだからさ」

アビィが普段の態度に似合わない冷たさで発言する。

「メノウちゃんは、どういう気持ちであのチビッコを助けるつもり？」

「どういうって……」

「グリザリカが落とされたらおねーさんだって困るし、とりあえずあいつを取り戻すのには協力するけどさ。でも、その後だよ」

しなだれかかってきたアビィが、絡むように言葉を紡ぐ。

「あいつ、もういらなくない？」

うっすらとした冷笑とともに放たれたのは、鉄よりも固く冷ややかな声だった。

「あの汚染生物の厄介さがわかったメノウちゃんに、最善っていうのを教えてあげよっか？

今回はとりあえず助けて、その後に除去しちゃうのが一番だよ」

除去。それがマヤを殺すということを意味しているのは明白だ。

メノウが無言でアビィの目を見る。だがゴーグルの向こう側にある彼女の瞳《ひとみ》は、いささかも揺るがない。

「百歩譲ってメリットがデメリットを上回るなら考慮してもいいけどさ、もうリスクしかないじゃん。自分勝手な行動をする。情報の出し惜しみもする。自分の能力はこわがるくせに、敵にその能力が取られたら大迷惑。なによりさ、あいつの『自分の価値がなくなるのが怖いんです』っていう態度が気に食わない」

マヤが持つ千年前の情報は役立った。人災《ヒューマン・エラー》から戻ったマヤは、メノウにとっての希望になった。しかし、それだけだ。

マヤは純粋概念を持っているだけのただの子供だ。

マヤ自身がそれを自覚していた。

子供の彼女は自分で自分の価値をつくれないから、誰一人味方のいないこの世界で、千年前の情報をちらつかせる態度をとるしかなかった。

「年上のくせに守ってもらいたがってるなんて、はー、ヤダヤダ。自分がかわいいだけのあーいう老害がのさばるから、かわいい年下の生きる邪魔になるんだよ。死んで欲しい。ねえ、メノウちゃん。ここできっちり確認しておこう?」

会話の主導権を損得の理屈で絡めとったアビィが、改めてメノウの意思を問う。

「あいつに、守るだけの価値がある?」

「……そうね。マヤに関しては、この半年、結論を先延ばしにしていた私が悪かったとは思うわ。あなたが言う通りよ」

アビィの指摘は正しい。メノウにとってマヤの存在は鬼門だった。

庇護《ひご》するべき子供なのに、メノウが自分には助ける資格がないとあきらめた異世界人で、その上『万魔殿《パンデモニウム》』でハクアの仲間だったというあまりも重要な立ち位置にいる。どの要素を重要視してマヤに接すればいいのかを決めかねた。

自分の罪を思い出させるマヤに、どんな顔をすればいいのかがわからなかったのだ。ずっと中途半端な態度で接して、マヤのことはサハラに任せてしまっていた。

屋敷をミシェルに襲撃される前に、アビィは言った。

——メノウちゃんって、意外と人の気持ちがわかってないよね。

その通りだ。マヤの気持ちがわからないまま放置した。

メノウは、アカリのために動いている。【時】の純粋概念に飲まれてしまったアカリを引き戻す手段は現状見つかっていない。記憶の補填はハクアを倒せば必然的に『星の記憶』が使えるようになるはずだが、あまりにも強力な概念武装である塩の剣に対抗する手段が見つからないのだ。

時と塩に囚われたままのアカリの体はモモに任せてある。モモならば信じられる。だからこそ、いまメノウはハクアへ対抗するための力を得ることにリソースを費やしている。

ハクアがアカリを狙っている以上、ハクアとの対峙は避けられない。だからこそメノウはグリザリカを第一身分《ファウスト》から切り離した。『星骸』の管理権限を得ることができればハクアへの対抗手段となる。だから、メノウはグリザリカを出てまで北に来た。なのに、マヤは意図せずしてグリザリカ崩壊の引き金をひこうとしている。

だから、今回の事件をマヤと向き合うための契機にするのだ。

マヤがどうしたいのか、なにを求めているのか。

様々なレッテルに惑わされて彼女の気持ちから目を逸らしていた。ないがしろにし続けていたマヤの心と向き合う時がきたのだ。

「マヤとは、追いついたらきっちり話すけどね、アビィ。それとは別の話で、前も言ったけど私はあなたのことをまったく信用してないの」

「えぇー？　おねーさん、こんなに好意的なのに？　役立ってるのに？　奉仕してるのに？」

「あなた、擬態の要素にアカリを入れてるでしょう」

ぴたり、とアビィが停止した。

顔が能面を被ったかのように動かない。不随意筋すら完全に止まった、不自然な停止だ。

魔導兵――特に、アビィのように知性を得ると、彼らは自分をつくり変えて擬態することができる。だがなんでもかんでも好きなように変化することはできない。擬態には条件があるのだ。

擬態するものを、取り込む。

それが擬態を完成させる条件だ。

「……なんのこ――」

「わかるわよ。上っ面の言動がそっくりだもの。顔つきと体つきも、アカリが大人になったら、っていう感じだわ。むしろ、どうしてわからないと思ったの？」

メノウは冷え冷えとした視線を向ける。

肉付きのいいグラマラスな肢体。成人として成熟しながらも、親しみを感じさせるかわいらしさを残した顔つき。人懐こい言動と明るい笑顔。十六歳だったアカリが成長して大人になれば、まさしく彼女のようになっただろう。

「この際だから聞くわよ。どうしてあなたが、人体の擬態にアカリの要素を入れているの？」

「メノウちゃん……怒ってる？」

「……そういう反応、本当にアカリにそっくり」

メノウがアビィのゴーグルを外す。

ゴーグルで隠していた彼女の目があらわになる。黒目に縁取られたマリンブルーの瞳孔は、自分が持つ富すべてをなげうっても惜しくないと思わせるほど美しくきらめいている。

この瞳がある限り、メノウは彼女が魔導兵であるということをはっきりと認識できた。

「ねえ、アビィ。『絡繰り世』第十二区長、アビリティ・コントロール。東部未開拓領域のスキルの支配者」

人外の宝石の瞳と、まっすぐ視線を合わせた。

「質問に答えなさい。私たちに会うまでは『絡繰り世』にいたはずのあなたが、ほんの半年前に初めて人の世界に来たはずのあなたが、アカリとどういう関わりがあるの？　あなた、本当はどうして、私に接触したの？　もしかしてとは思うけど——モモに、なにかした？」

「あー……」

顔を逸らしていたアビィが、不意にゴーグルを上げてメノウと視線を合わせる。

「ごめん。言えない。これは、いまここにいるおねーさんの存在意義に関わることだから」

「……そう」

アビィは潔《いさぎよ》く秘密を抱えていることを白状した。少なくともいま、モモとの関連を否定しなかった正直さに免じて、追及を緩める。

そもそもいま発した問いについても、メノウは脳内で仮説を立てている。十中八九、モモとアカリは無事だ。どういう交渉をしたかまではわからないが、よくぞ、こんなアカリの隠し場所を見つけたとモモに感心したほどである。

「ま、いくつか不可解な点はあるけど、いまは納得しておいてあげるわ」

「うーん。メノウちゃんが疑い深いよぉ」

おいおいと泣くアビィを黙殺して、周囲に意識を向ける。マヤたちへの追撃から注意を逸らすためにとはいえ、これだけ派手に騎士の詰め所を破壊したのだ。すぐに第一身分《ファウスト》も追っ手を派遣するだろう。ミシェル本人が現れても少しも驚かない。

「……」

メノウは自分がとるべき行動を思案する。

マヤと合流することは大前提だ。メノウはマヤの目的地を知っている。下手に追いかけるよりも、あの教典に記されていた位置で待っていたほうが効率的かもしれない。

だが、そもそもいまの道筋だとマヤが『遺跡街』の入り口にたどり着けない可能性がある。そうなると二手に分かれるべきだが、気になることがある。

「ハクアが聖地から出てくることは、まず、ないとは思うけど……」

本当に、記憶の補充のできない北大陸までノコノコと顔を出して来たら、それはハクアに一撃を食らわせる千載一遇のチャンスでもある。

考え込んでいたメノウは、ひやりとした感触に顔を上げる。

「……雪ね」

厳寒の季節は過ぎても、北大陸の冬が完全に過ぎ去ったわけではない。メノウは手のひらに落ちた雪の結晶を、ぎゅっと握って溶かした。

行動は決まった。

「二手に、分かれるわ。アビィ。それにあたって、一つ聞きたいんだけど」

最強の難敵、ミシェルを出し抜くために、アビィに重要なことを尋ねる。

「あなたが擬態するのに必要な素材情報は、どの程度？」


雪が降り始めた街中で、一人の神官が頼りない足取りで道を歩いていた。

反ミシェルの神官たちをまとめた『教官《ティーチ》』だ。彼女はうっすらと積もり始めた雪にも気が付かず、思考に熱中していた。

情報提供者から、メノウたちの行動経路も摑んだ。戦力も集まっている。なにもかもが順調だ。『教官《ティーチ》』個人の気力も、いつになく充溢《じゅういつ》している。

「私は……私こそが……『陽炎の後継《フレアアート》』を抹殺して、第一身分《ファウスト》の正義を……使命を……」

ぶつぶつと自覚なく独り言を呟《つぶや》いている彼女に、通りがかる人は気味悪そうな視線を向けてそそくさと道をあける。自分を遠巻きにする周囲の反応がまったく気にならないほど、『教官《ティーチ》』のコンディションは整っていた。

神官たちを秘密裏に集め、反ミシェル派閥を作り上げた会合から異常なほどに調子がいい。全身が目であり、耳であるかのようだ。感覚が鋭敏になりながらも、肌を刺す寒風をものともしない強靭さを兼ね備えている。

その感覚通り、ローブに隠れた全身の肌に目玉が生まれ、耳の穴が穿たれていることに『教官《ティーチ》』は気が付いていなかった。彼女は脳が焼き切れるほど思考をフル回転させ、メノウたちの現状を分析する。

「サハラの出現……まさか、本当に長距離転移であるはずが……ならば——召喚、か？　原罪魔導……ならば、最初に発見された子供は……『陽炎の後継《フレアート》』は、こいつらを追って……いや？　それではあまりも……ならば……そうか。魔導兵が、傍にいるなら……！」

自分たちの裏をかこうとする意図を見抜いてメノウたちの行動の全容を描く。思考が恐ろしく澄んでいる。自分の全盛期が訪れている。いまなら誰にも負けない。徐々に異形へと変化している自覚もなく、『教官《ティーチ》』は歩きながら教典の通信魔導で仲間に指示を出す。

純粋概念を扱う『陽炎の後継《フレアート》』や、異様なほどの実力を持つミシェルすらも打ち破れる。根拠なく自分の勝利を確信できる万能感が彼女を満たしている。

「奴《やつ》らの行動は、読めた……単独ならば……これだけ、仲間が集まれば……数で『陽炎の後継《フレアート》』をすり潰《つぶ》すことも……」

——くはっ。

いま、自分をあざ笑う声が、聞こえた気がした。

「ッ！」

ばっと勢いよく背後を振り返る。

だが赤黒い髪をした長身の神官の姿はない。いかにも無力な第三身分《コモンズ》の市民が、『教官《ティーチ》』の突然の挙動に不審と恐怖がない交ぜになった瞳を向けている。

ただの幻聴だ。

しかし、『教官《ティーチ》』にはすでに幻聴と現実の区別がつかなくなっていた。

「まだ、足りないのか……『陽炎《フレア》』……？」

見えもしない者を見るために、目を細める。

答えは当然ない。だが、はっきりとわかった。自分が全盛期になった程度の力では、並みの神官を集めた程度の計画では『陽炎の後継《フレアアート》』を討《う》つのに届かない。処刑人の価値を証明するには足りないのだと、いまの笑い声を聞いて確信できた。

『教官《ティーチ》』はぎりぎりと奥歯をすり合わせて鳴らす。

力が足りないから、奴にあざ笑われる。足りないものは補充する必要がある。

頬の傷が、うずく。

『教官《ティーチ》』は、安宿に入る。そこにいるのは、自分の教え子だった白服の神官たちだ。愚かしくも、唯々諾々と異端審問官の指揮下に入ろうとしていた。『教官《ティーチ》』の呼びかけにも応えることがなかった、処刑人の風上にも置けない裏切り者だ。

「『教官《ティーチ》』？　いままでどこに――」

「お前たち」

そこにあるのは、【力】だ。

意思が違うのならば、同じにしてやればいい。

処刑人には価値がある。いままで世界の平穏を守ってきたのは自分たちだ。

だから処刑人を終わらせるわけにはいかない。

彼女たちに、手を伸ばす。無数の目玉がぎょろつく腕を見て、白服たちがぎょっとする。

取り込むのに、手では足りない。そう思ったら、自然と腕が二股《ふたまた》に割れた。割れ目にはずらりとギザギザの歯が並んでいる。

巨大な口を開く腕が、ばくんと白服を丸呑《まるの》みにする。『教官《ティーチ》』は、いま目の前にいた元部下を殺したという自覚すら抱いていない。ただ自分の指揮下に入れたという認識があるだけだ。

悲鳴が上がった数分後。

部屋から出てきたのは、藍色の神官服をまとった神官の一人だけだった。

『教官《ティーチ》』の力はさらに膨れ上がっていた。力の充実ぶりは自分の腕が三倍に増えたかのようであり、いくつもの思考を並列に処理できる頭の冴えは、未来を確信できるほどだった。

先ほどの思考では、足りなかった答えが出ていた。

「そうか……『陽炎の後継《フレアート》』を追うだけでは……ミシェルっ……奴がッ、あの小娘がァあああああ！　この私を、誇りある処刑人をォ！」

すでに呟くという声量ではなく、叫び散らしながら道を歩く。いよいよもって、『教官《ティーチ》』を見る周囲の目は異常者に向けるそれになっていた。

「ふッ、ふぅー……貴様の……貴様らの思い通りにぃ……などォ！　なるものかぁァ！」

原罪魔導に浸食されて、降る雪の冷たさすら感じることもなく、『教官《ティーチ》』は瞳を凶暴にぎらつかせて町を出た。


雪が本格的に降り始めていた。

しんしんと降る雪が、街並みを真っ白に染め上げていく。雪が積もるにつれて、町が静かになっていく。

サハラはその光景を、とある魔導工房の屋内から眺めていた。

室内は温かい。暖導器が発する熱が部屋を暖めて、二重窓に断熱素材の厚い壁の雪国の室内は熱を逃がさない構造をしている。文明の利器《りき》でぬくぬくと温まりながらサハラは口を開いた。

「いいの？　私たち、世間様では結構な悪人になってると思うけど」

「はい、もちろん」

サハラの確認に頷《うなず》いたのは、まだ十二、三歳の少女だ。上下一そろいのツナギを着ている彼女は、どこかで受け取ったらしい号外を突き出す。

「わたし、こんな偏向報道には惑わされませんからっ」

少し硬めの表情で主張してから、恥ずかしげに、しかし期待に光る視線をサハラに向ける。

「なので……えへへ。『第四《フォース》』の総督さんから、『陽炎の後継《フレアアート》』さんにわたしのことを伝えていただければなって……！」

「…………」

またメノウがやらかしている。

両手の人差し指を突き合わせてもじもじしている少女の姿に、サハラは内心で舌打ちをする。さすがは導師《マスター》『陽炎《フレア》』から顔の素質だけは高評価をもらっただけある。多感な時期の幼気《いたいけ》な少女の心に、どんな爪痕《つめあと》を残しているのか。意識的にやるより、無意識の出会いのほうが人をたぶらかせているのだから恐ろしいの一言である。

だがメノウを生贄《いけにえ》に捧《ささ》げる口約束で助かるのなら安いものだ。自分がたぶらかしたわけでもないしと、純な少女の好意にとことん甘えることにする。

「ありがとう。私を助けてくれたんだもの。きっとメノウはすごいサービスをしてくれるはず」

「本当ですか⁉　は、はわわ……！　すごいサービスって――すごいサービスって⁉」

「おそらくね。だから、よかったら、この町を出る協力をしてもらえる？　私たち『遺跡街』に行きたいの。手伝ってくれれば、感謝の印に、なんでもしてくれるわ。メノウが」

「いまなんでもって――え？　『遺跡街』ですか？」

メノウを大安売りするサハラの目的地を聞いて、意外そうに目をしばたたかせる。

「なんでものために、わたしも協力したいんですけど……親方がなんて言うか」

「構わん」

小さく、しかしはっきりと許可が出た。作業場に入ってきたのは、この工房の親方だ。

「しかし、本当に未開拓領域に行くのか。『陽炎の後継《フレアート》』も観光だとか言っていた、なんの用があるんだ？　グリザリカ王国にいたなら、『絡繰り世』のほうが近いし、資源地として優秀だろう」

「本当に、観光。見てみたかったのよ、世界で一番色濃く古代文明が残る街並みとやらを」

さらっと嘘をつく。心得たもので、親方も「そうか」と頷いたきり深くは追及しなかった。

「ちょうどいい。『遺跡街』行きの列車には、ほぼ毎日積んでいる荷物がある。二重底で隙間《すきま》をつくるから、その中に入ってくれ。貨物列車に半日揺られれば、最寄りの資材場に着く」

「ありがたい……けど、タダじゃないわよね」

この親方が自分たちを助けてくれたツナギの少女のように思考がお花畑だということはないだろう。案の定、親方は「ああ」と相槌《あいづち》を打つ。

「俺《おれ》が東へ入る際に、便宜《べんぎ》を図ってくれ」

「東……グリザリカに移住するの？」

「ああ」

「ふうん」

移住理由は追及しなかった。サハラは工房に目を配る。

第三身分《コモンズ》が日常的に使う照明や暖房などの導器に混じって、技術規制ギリギリの品がいくらかある。紋章を複数組み合わせる内部刻印式に、高度な素材学の知見を求めた形跡のある資料本。明確な違反ではないが、ちょうど第一身分《ファウスト》に目を付けられるボーダーラインだ。目に付かない場所では、さらに突っ込んだ研究もしているだろう。

素材学と紋章学を組み合わせた魔導工学を追求したい技術者が、規制撤廃の進む東に行きたいという言葉に嘘があるとも思えない。

「いいわ。グリザリカに来たら、いくらでも私の名前を使って」

あっさりと承諾する。実際、サハラにとって難しいことではなかった。彼らが自力で東に来たのならば、適当に他の人に頼めばいいのだ。それこそ、メノウの責任にしてもいい。

親方技師の条件を聞いて、ツナギの少女がぴょんぴょんと手を挙げる。

「わたしも！　わたしも行きます！　グリザリカって『陽炎の後継《フレアート》』さんの本拠地ですよねッ？」

「お、おい……お前は、違うだろ。家族はどうする」

「弟子入りした時、お母さんから『一人前になるまで帰ってくるな』って言われました！　一人前になるための旅修行です！」

「男前だな、お前のおふくろさん⁉」

どうやら決着は弟子の少女の勝利で終わりそうだ。サハラは魔導技師の師弟の掛け合いを背中に、湯気の出ているマグカップを二つ持って立ち上がる。

寡黙な親方のみならずあの少女までがグリザリカに入ったら。そしてもし彼女たちと出会うことがあれば、さぞかしメノウは戸惑うだろう。

その時のメノウが困る顔が目に浮かぶと、サハラは胸をぽかぽかさせて二階に上がった。


マヤは二階のベランダに出ていた。

雪がどんどん強くなっている。視界は真っ白だ。

白い光景を見ると、どうしても彼女のことを思い出す。

メノウとほとんど同じ顔をした、マヤの勇者。

シラカミ・ハクアのことを。

千年前、彼女は自分たちを裏切った。

だというのに、いまさら会いたいのだという。

サハラは、騙されているんだろうと言う。マヤだって、ハクアがロクでもないことを企んでいるのだと半ば確信している。

だからこそ、あの時、自分だけがやれることを思いついたのだ。

自分を裏切り続けたこの世界に一矢報いる、冴えた方法を。

「でも……もし」

決意したはずのいまですら、マヤは万に一つの可能性を捨てきれない。

なにかどうしようもないわけがあるんだと、過去の裏切りを許せるほど重大な理由があるんだと、それさえ知れば元の関係に戻れるほどの真実があるんだと。

マヤは、自分でも信じていない真実とやらを、信じたかった。

雪の降るベランダにたたずむ。彼女の体が寒さを感じることはなかった。吐く息が白くなることもない。些細《ささい》な、しかし決定的な違いを見るたびに、マヤは思い知らされるのだ。

ああ、自分はもう、人間ではなくなったのだ、と。

マヤはすでに日本に戻る資格を喪失している。痛いほどに、自分の異質さを自覚している。

肉体が人間とは違うものになった自分は、決して元の世界には戻れない。

「……戻る意味も、もう、ないのよね」

顔に浮かべた自嘲《じちょう》は、幼い顔立ちに似合わぬほどに手慣れていた。

日本に戻っても、待っている人間がいないことを知っていた。どんな犠牲を払っても会いたいと思っていた母は、日本にいないのだ。

千年前とは違う。自分を必要としてくれた場所に帰りたかったあの頃とは、違う。

マヤを必要としてくれる世界はなくなり、人災《ヒューマン・エラー》と化した自分は、いまだに南でとぐろを巻いている。

小さく、歌を口ずさむ。

もちろん、童謡ではない。アップテンポのリズムで歌われるのは、マヤがいた日本で流行の曲だった。踊りの振り付けも頭に入っている。

歌が好きだった。

踊りも好きだった。

小さい頃から子役になって、映画に出た時に母は喜んだ。将来は女優さんだと嬉《うれ》しそうに言っていたけれども、マヤが憧《あこが》れていたのは歌って踊るアイドルだった。かわいさを認められて輝いている彼女たちになりたかった。

そのことを打ち明けて、母親とケンカをすることすら、できなかった。

「いい歌ね」

ベランダに続いている二重窓が動く。サハラだ。マヤは歌を止めて振り返る。

サハラの吐く息は、まだ白い。

「寒くないの？」

マヤとは違い防寒具を着こんだ彼女が話しかけてくる。

「雪も降ってるし、その軽装だと風邪をひくとかじゃなくて凍え死んでもおかしくないけど」

「寒くない」

マヤは答える。これだけは強がりではない。

「この世界に来てから、そういうの、なくなったの」

マヤがこの世界に召喚された時に得た純粋概念【魔】は、魂よりも肉体に癒着している。外気温程度の温度差は、ほとんど体感できない。原罪概念に適合した肉体は、体調不良になるということがない。病気に一切《いっさい》かからないのだ。それどころか、空腹感すらない。飲まず食わずでも、生命維持に支障が出ないのだ。

『自己召喚』というマヤの生命維持の原理がどうなっているのかという謎《なぞ》は、導力文明の最盛期である千年前ですら解明できなかった。

多くの不快感を取り除かれる代償に、同じほどの感覚を失った。マヤの肉体に癒着した純粋概念の性質に着目し、利用したがっていた研究者は山のようにいた。

「なるほど」

そんな背景を知らないサハラは、いまさらながらマヤが北の寒冷地でワンピースに着物を羽織《はお》っただけで行動できているわけを納得していた。

「これから、どうする?」

「…………」

マヤは黙りこむ。無視をしたのではない。答えられなかったのだ。

逆戻りをしたことで、目的地である『遺跡街』の入り口から遠ざかってしまった。歩きでは、どうあがいても不可能な距離だ。移動するためにマヤが魔物を召喚すれば、前の町の時のような騒動になる可能性が高い。第一、これ以上に純粋概念を使って記憶を削りたくなかった。

いまはまだ、使うべき時ではないのだ。

「……イチかバチかで導力列車に乗るのよ。そうすれば、ハクアとの待ち合わせに間に合うわ」

「あんまりいい手段だとは思えない」

マヤの案に、サハラは温かいココアの入ったマグカップを渡しながら答える。

一番変化したのは皮膚感覚だが、味覚もかなり変容している。唯一変わらないのが甘味だけだった。だからこの世界に来てからずっと、マヤは甘いものばかり食べている。

空に浮かぶ『星骸』は、この雪の中でも視認できる。ぼんやりとした導力光を放つ物体は、むしろ雪の中に浮かびあがって幻想的な雰囲気を増している。

いま、強い力を持つアレを中心にして事態が回っている。

弱いからこそ、のけ者にされているマヤとは違って。

だからマヤは、誰もかれも出し抜いて、あっと言わせてやるべく、メノウから離れて単独行動をした。

「サハラは、案がないの？」

「貨物列車にこっそり乗り込むくらいね。北大陸の中心部までの貨物運行は、資材運搬で活発みたいだから」

「なによ。あたしのと変わらないじゃない」

「失礼ね。ここの親方に話を付けてある。輸送する荷物に紛《まぎ》れこめそうよ」

苦し紛れのマヤと違って、きちんと算段を付けてある。サハラの提案を聞いて、むっと唇を尖《とが》らせる。

「……そこまで決まっていたなら、なんであたしに聞いたのかしら。先に言えば褒めてあげたのに」

「どうせならあきらめて中止してほしかったから」

サハラはこともなく返答する。

そもそも強制的に喚《よ》び出された彼女は、この旅に積極的ではないのだ。明らかに騙されているとしか思えないマヤの独断行動はもとより、それ以前にメノウやマヤが求めている『星骸』の管理権限についても、サハラにとっては興味の対象ですらない。

「いまからでも、私は東に戻りたい。【星読み】探しの『遺跡街』探索なんてメノウたちに任せればいいじゃない。そして私たちはしばらくここに潜伏して、ほとぼりが冷めた頃にグリザリカに帰る。怪しげな誘いは無視。ほら、なんの問題もないわ」

「そんなこと言うなら、あたしのことなんて放っておいて。あたしにはやるべきことがあるんだから」

「マヤが私を喚び出したのよ。いまさら、そんなことを言われても困る」

「なによ……」

あまりにも無責任なサハラの口ぶりに、自分でも思わぬほど突然、マヤの感情が炸裂した。

「マノンを助けてくれなかったくせに、サハラはなんであたしにそんなことを言えるの⁉」

予想もしていなかった台詞《せりふ》に、サハラが目を見張った。

「マノンはサハラのことを友達だって言ってたのに！　聖地に行ったとき、どうしてマノンを止めてくれなかったの⁉　あんなの……死んじゃうに決まってるじゃない！」

「それは――」

自分が責められることではない。一方的な物言いに、むかっときたサハラは反発心のまま言い返そうとして、声に詰まる。

目の前にいる幼い少女の瞳から、ぼろぼろと水滴がこぼれていた。

マヤが、泣いていた。

「あの子が、いれば……まだッ。あたしはこの世界で、一人きりじゃなかった！　あたしを必要としてくれる子が、残ってたのに‼」

サハラは、なにも応えることができなかった。しん、と痛いほどの静寂が戻る。

「……この際だから聞いておきたいのだけど」

しんしんと雪が降る中、サハラは静かに口を開く。

「マヤ。あなた、どのくらい人災《ヒューマン・エラー》だった時のことを覚えているの？」

人災《ヒューマン・エラー》は記憶が消え去り、元の人格が瓦解することで魂に宿る純粋概念に突き動かされるままに行動するようになった異世界人の総称だ。マヤと『万魔殿《パンデモニウム》』のふるまいがまるきり異なるように、人災《ヒューマン・エラー》化している間の意識も記憶もないはずなのだ。

だがマヤは少なからず『万魔殿《パンデモニウム》』の小指であった頃の行動を覚えている節があった。

「……ほとんど、ない」

もし、『万魔殿《パンデモニウム》』としての千年の記憶があれば、マヤは間違いなく精神崩壊を引き起こしていた。南にある『霧魔殿《パンデモニウム》』の中は、まさしく地獄だ。魔物の蠱毒のさなかで千年過ごした記憶など、人間が耐えきれるものではない。

「ただ、記憶が戻る時に……マノンの記憶も、一緒に入ってきた」

サハラは納得する。道理で、だ。

マヤは千年前の記憶と、マノンが『万魔殿《パンデモニウム》』と一緒にいた時期の記憶だけを引き継いでいる。

「そうね。友達だったかどうかはわからないけど、別にマノンのことは嫌いじゃなかったのは、確か」

「じゃあ――」

「でも、マノンを助けようとは思わなかった」

マノン・リベール。

日本人を勘違いしたような着物をまとっていた彼女は、自分の人生が壊れていることを自覚していた。壊れ切った自分の人生に他人を巻き込むことに躊躇《ちゅうちょ》もなかった。

「あの子は、誰の助けも必要としてなかったから」

自分の命を惜しいとすら、マノンは思っていなかったはずだ。

なにもかも巻き込んで世界を混沌に突き落としたがっていたはずの彼女が、どうして小指といえども『万魔殿《パンデモニウム》』を正気に戻すことに命を懸けたのか。サハラにはわからない。

どちらにせよ、たぶん、マヤとマノンは出会わなくてよかった。

マヤは、あまりに普通の子だ。マノンの破滅願望に付き合えるとは思えない。ほんの少しであれマノンと知り合ったからこそ、よくわかる。

彼女はマヤではなく『万魔殿《パンデモニウム》』に傾倒していたのだ。

サハラはすっかり冷え切ったココアを飲み干す。マグカップの底には溶けきれなかった粉末が液状になって、べったりとこびりついていた。

「マヤは、どうして『主』……シラカミ・ハクアに会いに行くの？　まさか、本気で和睦を信じているわけじゃないでしょう」

「ちがう。どうせ、騙してるに決まってるわ」

「じゃあ、なんで？」

「あたしは……」

ぎゅっと着物の襟《えり》を握る。マヤにとって縁深い人の遺品だ。寄る辺のない世界で、奇跡のようにつながった縁だ。

「……必要と、されたい」

愛してほしい。褒めてほしい。あなたが必要なのだと、言われたい。

それが、異世界に召喚されて以来、ずっと抱いてきたマヤの千年変わらぬ願いだった。

マヤはさみしさに追いつかれないように、動き続けるしかなかった。千年前は、自分を必要としていた母親のもとに帰りたかった。だがその母親も、死んでしまったことを知っている。

さみしさに追いつかれてしまっては、身動きも取れなくなる。

だからマヤがハクアに誘われた時、彼女に会いに行く決意を固めたのは必然だった。

「もう、戻れる世界もないから……あたしが、この世界に必要なんだって、ハクアに会うことで、証明してやるの」

まだ動けるうちに、自分は必要なんだと認めさせるために。

「……そう」

サハラは目を泳がせた。

こういう時に、なにを言えばいいのか。迷った挙句に、そっと目を伏せてしまう。

彼女は人の心に寄り添うことに、慣れていない。誰かを愛したことがない。口先以外で褒めたこともない。他人を必要としたこともない。サハラの頭に思い浮かぶのは、メノウだったらなにかうまい言葉が出るんだろうな、という現実逃避のような思考だけだった。

会話の尽きた静寂を埋めるように、二人の間にある溝を埋めるように、しんしんと雪が降り続けた。

どうしてそうなったのかは、知らない。

ただ、最後の最後。

日本へ帰るための送還計画の是非を予言するため北大陸の中心街にたどり着いた時。

ハクアの手刀が、廼乃《のの》の胸を貫いていた。

マヤが目撃したのは、廼乃の肉体からハクアが能力を写している場面だった。純粋概念【白】の能力は、他の異世界人の能力を自分のものにできる。彼女が他者の純粋概念の能力を写す際には精神を漂白しなければならない関係上、【白】によって能力を写された相手は人災《ヒューマン・エラー》化するという欠点があった。

「最後に聞きたいんだけど……」

廼乃は顔をゆがめながらも、驚いた様子はなかった。自分を傷つけた相手に恨みもなく、むしろこうなったのが当然だと言わんばかりの態度は、もしかしたら自分の運命を見ていたのかもしれない。

「……君、いつから僕たちを狙《ねら》ってた？」

「最初から」

「ああ、そうかい」

ハクアが手を抜くと同時に、廼乃の瞳《ひとみ》の星が極光を放つ。どんどん広がる導力光に彼女の体が飲み込まれて、宙に浮く。

人災《ヒューマン・エラー》と化す前兆だ。

起こるはずのなかった【星】の人災《ヒューマン・エラー》に飲まれる直前に、廼乃は一言だけ。

「まったく……だから、殺しておけって言ったんだ」

それだけ言い残すと同時に、彼女の体は瞳が放つ極光に飲み込まれた。

光は空へと昇り、上空にある透明の巨大な球体『星骸《せいがい》』へと向かう。

「これで、【星】は……私の……いいや、僕……ワタシ？　――ううん。ボク、のものだ」

能力を写す副作用で混濁していた呟《つぶや》きも落ち着き、一人称の変遷も統一された。

だがハクアが完全に立ち直る前に、異変が起こった。極光となった廼乃を飲み込んだ上空の『星骸』が輝き始めたのだ。上空の球体に緻密な魔導陣が描かれ、巨大な導力の輝きに呼応するように視界の限りが導力光を帯び、地盤ごと『星骸』に吸い寄せられはじめる。

「これは、【星】の人災《ヒューマン・エラー》……いや、『星骸』か。ノノめ。仕掛けていたな。自分が犠牲になっても、ボクをここで殺す気か。なにかの、魔導で覆って防ぐか……いや」

起動しつつある『星骸』から逸らされたハクアの視線が、事態についていけない摩耶に向けられた。

「先に【魔】と【器】を確保して、逃げるか。有用な純粋概念は、取り入れていかないと」

昨日までの彼女からは信じられないほど、ほの暗い瞳だった。

だが摩耶たちをかばうように、巨漢が立ちふさがる。龍之介《りゅうのすけ》だ。いつもは穏やかな彼が、ハクアをにらみつける。

「どいてくれないかな？　【龍】の純粋概念には興味がないんだ」

ハクアの言葉を龍之介が無視したのを、摩耶はその時に初めて見た。吠《ほ》えた彼が純粋概念を発動させ、大きく膨れ上がる。

摩耶が目撃したのは、そこまでだ。

立ち尽くす摩耶は傍《そば》にあった円柱から伸びた細腕に引っ張りこまれた。人が膝《ひざ》を抱えるくらいの大きさしかないはずの内部には、ワンルームに相当する空間が広がっていた。自分の影に異界を持っている摩耶は、ここが【器】の純粋概念を持つ我堂《がどう》の異空間だと察する。

「逃げる。摩耶。一緒。それだけ。洒乃。頼んだ。蘭《らん》に」

狭くて暗い空間にいる人物が、ぼそぼそと告げる。我堂が、蘭という名前の女性だということを摩耶はその時に初めて知った。

「ま、待って⁉　どういうこと⁉　ねえ、なんで⁉」

話を聞くために目線を合わせようと近づくと、びくっとした我堂が毛布で完全に顔を隠してしまう。一瞬だけ見えた顔の造作は人形のように整っていたのだが、我堂は自分をさらけ出すことなく、毛布の中でぷるぷると怯えて震えている。

ただ、悲し気に声を絞り出す。

「は、ハクア。あれ。もう。ダメ」

そうして、命からがら北を脱出したが、逃亡は長く続かなかった。

我堂は南に摩耶を置いて、自身は東に向かった。西で龍之介を塩と変えたハクアが追ってきたのだ。摩耶からハクアを引き離すために、誰よりも臆病だった我堂は東に行って——おそらくは、ハクアに純粋概念の能力を取り込まれ、人災《ヒューマン・エラー》と化した。

摩耶は一人になって、初めて気が付いた。

自分は、なにも知らなかった。守られていたから、知る必要もないと思っていた。

だから摩耶は、なにもできないままだった。

この世界で、手に入れたものがなかったから。

一人になった摩耶の心を支えるものはなかった。最後にはハクアに純粋概念を写しとられるまでもなく、自分の記憶すら純粋概念に奪われた。

大志万《おおしま》摩耶は『万魔殿《パンデモニウム》』となって、南方諸島を食い尽くした。

『塩の剣』『星骸』『絡繰り世《からくりよ》』『万魔殿《パンデモニウム》』。

のちに四大人災《ヒューマン・エラー》と呼ばれる災厄は、そうやって生まれた。

北大陸の中心地は、『遺跡街』と呼ばれる未開拓領域になっている。

人類が安定的な生存は不可能だと放棄している未開拓領域は、ところによっては特殊な資源地でもある。危険を顧みずに主に第三身分《コモンズ》の冒険者と呼ばれる人々が集まって、高値で売り払える素材や古代遺物を求めている。

一獲千金を狙《ねら》って探索をしている彼らは、時に非合法の物品をも流通させる。

サハラたちに協力した寡黙な技師は、怪しい商売に半身が浸かっている人間だ。管理体制の目をかいくぐる未開拓領域までの流通経路を使える立場にいた。

『陽炎の後継《フレアート》』や『第四《フォース》』総督が北大陸に入り込んだとあって第一身分《ファウスト》からテロリスト注意の通告はされているが、非合法な物品を運ぶ流通経路が荷物を一つ一つチェックしていくはずもない。そもそもこの貨物列車は、なんとかして点検の目をくぐり抜けて運行しているのだ。

そのうちの荷物の一つが、内側からガタン、と揺れる。

「よいしょ、っと」

木箱の内から現れたのは、緩《ゆる》やかにウェーブのかかった銀髪の持ち主、サハラである。かくまってくれた工房から出荷される荷物の一つを二重底にしてなんとか入り込んだが、さすがに狭い。解放感に、ぷはぁと息を吐く。

「人は……いないわね」

貨物列車に積まれた木製コンテナの内部だが、技師が気を使ったのか、そもそも荷物が少ないのか、幸いスペースはある。

半ば禁制品を積んでいる貨物列車だということもあって、環境は悪い。空気が埃っぽく、椅子もないせいで線路からの振動が直接体に響く。木組みのコンテナ壁も、荷物が落ちなければいいという造りの悪さで隙間風《すきまかぜ》が入り放題だ。

この環境で半日を過ごすのは地味につらい。一度、荷物の積み替えがあるらしいが、積み替えた先もどうせ似たような環境に決まっている。サハラは積まれている荷物の中から拝借した暖導器を作動させて、とんとん、と自分の影をたたく。

「成功。あとは凍死しないように注意しないとね」

サハラの影から、幼女が這《は》い出《だ》した。木箱に入れるスペースが一人分だったのだ。

「なに。嫌味？」

聞きとがめたマヤは、むくれ顔でそっぽを向く。

「よかったわね、サハラはまだ温感があって。温かいっていう感覚は気持ちいいもの。じっくり味わったらどうかしら？　あたしよりずっと人に近くていいんじゃないの？」

マヤはあからさまに拗《す》ねていた。言葉尻を捉《とら》えてちくちくと嫌味を口にする彼女に、サハラは辟易《へきえき》として口を閉ざしてしまう。

かくまってもらっていた工房でマヤが感情を爆発《ばくはつ》させてから、二人の間には気まずい空気が流れていた。

自分の弱さをむき出しにしてしまったマヤが自分から頑《かたく》なな態度を翻《ひるがえ》すことはない。彼女の態度は千年の断絶からの孤独に対する防衛反応に近いのだ。自分を守るための言動を他人のために解除するには、マヤは幼過ぎた。

だがそんな機微を解きほぐせるほどサハラは他人に気を使ったことなどない。マヤが怒っているのはわかるが原因までは汲み取れず、「面倒くさい」の一言で放置したくなってしまう。

結果としてサハラと膝《ひざ》を抱えて背中を向けるマヤとで、無言の時間が流れる。

こういう時にどうすればいいのか。やはりサハラにはわからない。移動時間は、これから半日。この気まずい空間はつらいと、内心でげんなりした。

どれだけ、列車に揺られていただろうか。

列車が徐々に減速していくのを感じて、サハラは目を覚ました。サハラとマヤはほとんど会話のないまま過ごしていた。昼に出発して、いまは夜だ。マヤはうつらうつらと船をこいでいる。

列車が、止まった。

荷物の積み替え場所だ。がくん、と揺れた車両にマヤが目を覚ます。ぱちぱちと瞬きをしてから、サハラを見る。目線が合って、数秒。ケンカ中であることを思い出したのか、慌てて目をそらした。

弱いくせに強情な態度にイラっとしつつも、サハラは壁の隙間《すきま》から外の様子をうかがう。しばらくすれば荷物の積み替えが始まるだろう。コンテナごと入れ替えるとは聞いていたが、一応、木箱の中に戻ったほうがいい。

「……ん?」

荷物に紛れようと腰を上げたところで、車外で騒ぎがした。耳を澄ませると、誰かが押し問答をしているようだ。

もしや、追っ手か。

どうするべきか、サハラは逡巡《しゅんじゅん》する。事情を察したらしいマヤは硬直している。ここから逃げ出したら、今度こそハクアとの約束の日時には間に合わない。かといって追っ手と戦ったところで、なんの解決にもならない。敵を退けたところで、不正乗車が明らかになれば貨物列車がサハラたちを乗せて運んでくれるはずがないのだ。

木箱に隠れて、通り過ぎてくれることを天に祈るしかないのか。

運任せ以外に思い浮かぶことがなかったサハラの脳裏《のうり》に、ふと別の案がよぎった。

自分がオトリになれば、どうだ?

それは、意外に名案である気がした。

ここでサハラがわざと発見される立ち回りをすれば、陽動として申し分のない活躍をできる。裏事情を知らない人間は、マヤよりもサハラを重視している。マヤが異世界人だということを知らないし、ましてや四大人災《ヒューマン・エラー》『万魔殿《パンデモニウム》』から復活した稀少な存在であることなど、なおさらだ。

マヤをここに置いて、貨物の積み替えが終わるまでサハラが追っ手を釣り出せばいい。最悪、捕まったところでサハラがマヤのことを自白しなければ、彼女は目的を果たすことができる。

そこまで考えてから、首をひねる。

「……いや、なんで？」

自分で自分に問いかけて、バカらしいと一笑に付す。

なんで自分が、そんなことを提案しなければならないのか。マヤから呪《のろ》いで強要されての命令ならまだしも、自主的に自分が犠牲になる提案をするなど、意味がわからない。そもそもマヤは間違いなく騙《だま》されている。ここで足止めを食らったほうが、彼女のためですらある。なにより、サハラは死にたくない。傷つきたくない。自分が一番大事だ。それが間違っていると思ったこともない。

だって、生き残って強くなれば。

メノウみたいに、綺麗《きれい》で、他人のために行動できるようになるんじゃないかって――

「──バカらしい」

首を振って、頭によぎった考えをふるい落とす。

結局、そんなことはできないからこその、ないものねだりなのだ。あの砂漠でメノウと戦って、なすすべもなく負けて、わかった。

サハラは死んだって、メノウのような綺麗な人間になれない。

人には分際というものがあるのだ。サハラは、視線を落とす。

そこには、小さな子供が震えていた。

誰にも心を明かせず、頼れるものもないから虚勢を張ることしかできず、なにかを突き通す強さがないことを嘆いているのに、自分を主張するためには弱さを振りかざすしかない。

そんな子供が、いた。

──……必要と、されたい。

一度だけ心の弱さをむき出しにした声が、なぜかサハラの脳裏で再生された。

なにかを考えたわけではなかった。

サハラは、ふらりと立ち上がる。マヤを置いて、コンテナの扉に手をかける。なにをしている。自分の行動を客観的に見て制止しようとする自分がいた。明らかに理性の言っていることが正しいのに、サハラの動きは止まらなかった。

「……さ、サハラ?」

ひどい顔をしたマヤがか細い声を振り絞る。その表情に、見捨てられるとのではという恐怖がありありと出ていて、サハラはちょっとムッとした。

「どこ、行く気……？」

「え？　ああ、うん。ちょっと、その……」

うまい言い訳が思い浮かばなかった。マヤのために自分がオトリになろうとしているだなんて言っても、信じられないだろう。なにせサハラ自身が自分で信じていないのだ。

だから、とっさに答える。

「と、トイレに行ってくる」

「は？」

予想外の台詞《せりふ》にマヤが言葉を失う。なに言ってんだこいつという幼女の表情に、言い訳にしてもうちょっとなにかあっただろうと自己嫌悪に襲われた。

格好をつけることすらままならない。

なりたい自分になれない自分にちょっぴり絶望して肩を落としながら、サハラは追手がいるだろう外へつながるコンテナの扉を開けた。

導力光の燐光《りんこう》が、うっそうとした林の中で帯を引いていた。

空で白い光を放つ『星骸《せいがい》』の導力光を遮《さえぎ》る雑木林の中。光の発生源は、儚《はかな》くも美しいクリーム色の髪を黒いスカーフリボンでくくった少女だ。導力を肉体にまとうことで身体能力を上げて駆け抜ける彼女の軌跡は、暗い林の中ではよく目立つ。

光に羽虫が引かれるように、彼女のことを神官服の集団が追っていた。

全員が処刑人だ。ほとんどが藍色の神官服。魔導行使者として認められた証《あかし》だ。『教官《ティーチ》』の呼びかけに賛同した彼女たちは、教典の通信魔導で受け取った情報をもとに、指名手配された目の前の少女に襲いかかっていた。

雪に足を取られるような未熟者が、一人としていない高度な多対一。しかし精鋭の魔導行使者たちが、一人を相手に劣勢になっていた。

「くそっ、ここまで強かったのか……！」

紋章魔導は弾かれ、教典魔導はかわされる。動きが圧倒的すぎて、人間を相手にしている気がしなかった。

とにかく動きの次元が違う。ここまで圧倒的な導力強化の出力があったのか。予想外の強さに顔をゆがめながらも、そろそろ雑木林を抜ける。一人が左手に持つ教典に導力を流して、教典魔導を発動させた。

『導力：接続――教典・一章四節――発動【主の御心は天地に通じ、千里のかなたまで征く】』

神官が持つ教典魔導の一つ、通信魔導だ。同調した教典と連絡が取れるこの魔導があればこそ、離れた場所にいる仲間と綿密な連携が取れる。

見晴らしがよくなったところで、勝負を仕掛ける。無言のまま、教典の通信魔導で意思を共有しようとした時だ。

ぐるん、と『陽炎の後継《フレアート》』が方向転換をした。

「――!?」

不意に小さく飛び跳ねて、近くの木の幹を足場にして蹴り上げる。樹木が盛大に揺れ、雪が落ちる。ほぼ百八十度の急転換に、背後を追っていた神官が身をすくめた。

ほんの一瞬の硬直だったが、致命的な隙《すき》には変わりない。『陽炎の後継《フレアート》』の拳《こぶし》が叩き込《こ》まれる。

「ぐぁ!?」

悲鳴が上がり、また一人、神官が脱落する。すでに十人以上の神官が倒されている。数の差は圧倒的だというのに、戦闘能力の差は歴然としていた。

「くるぞ！」

一人が叫んだ。

次の瞬間、『陽炎の後継《フレアート》』がぐんっと加速して迫る。『陽炎の後継《フレアート》』の全身が淡く青の導力光をまとっている彼女の速度は神官たちの予想を上回った。木々の幹を足場にした動きの読めない立体軌道でヒット&アウェイを繰り返した彼女の拳が、最後の一人を打倒する。

「ふう」

追っ手を返《かえ》り討《う》ちにした彼女は一息ついた。どんな身体能力なのか、息切れ一つしていない。

彼女はいま、単独行動をしていた。

騎士たちを倒してマヤたちの居場所を補足したメノウたちは二手に分かれたのだ。片方はマヤが目的地としている指定されていた『遺跡街』の入り口に、片方はそのままマヤとサハラの現在地を目指して行動している。

そしてサハラたちと合流しようとしていたところを、処刑人たちに待ち伏せされていた。

だがそれはメノウの予想通りでもあった。事前に聞いていたこともあって、ほとんどの追手は返り討ちにしたはずだ。

「さて……早く合流しないと」

栗色のポニーテールをひるがえし、息一つ乱さずに再び駆け出す。

雑木林が開けた先に、敷設された線路が伸びていた。この先にある停車場にマヤたちがいるはずだ。

だが。

月光を白く照り返す雪原で、彼女は足を止めた。

「……やっぱり」

そこには、彼女の予想していた通りの相手がいた。

メノウたちの居場所を正確にとらえて送り込まれてくる追っ手の動きには、目的の場所に動かすための意図が見え透いていた。

予想していたのに、避けることができなかった。彼女は一刻も早くサハラたちと合流することを優先したからだ。

苦々しい視線の先には一人の女性がいた。

「……さっきの処刑人を扇動したのは、あなたね」

「ああ、そうだ」

ここで待ち構えていた敵。

最強の異端審問官であるミシェルはあっさりと頷《うなず》いた。

「私への反発を掲《かか》げて集まった愚か者どもに、貴様の居場所の情報を流した。貴様らの消耗を誘い、同時に反乱分子も一掃できる。独断専行の末に返り討ちにされた愚か者に同情するものもいなかろう。これにより、私に反抗する者も減ることになる」

「あなたみたいな年上に使いつぶされた子たちが不憫《ふびん》でならないわね」

「くだらん。分際をわきまえぬ無能に、これ以上の使い道があるのか？」

ミシェルが大剣を片手で持ち上げる。雪が舞い散り、彼女の発する導力光を反射して輝く。

強力な武器である教典はないものの、それでも彼女の構えた姿の威圧感は先ほどまで襲い掛かってきた神官たちとは隔絶している。

「おしゃべりはおしまいだ、『陽炎の後継《フレアート》』。ここを貴様の終点としよう」

最強の【使徒《エルダー》】にして【魔法使い】。

ハクアに忠誠をささげるミシェルが片目をたわめて言い放った。

頬《ほお》に傷がある神官が、貨物列車の停車場を歩いていた。

ここは主に『遺跡街』から採取された資材か、逆に『遺跡街』に挑む冒険者たちのための物品置き場として使われている。各所に木製のコンテナが置かれ、積み上げられた荷物の間が小道になっている。列車で運ばれたコンテナは、外骨格の導力強化装甲を操作する搭乗者が運んで指定の場所に移動させていた。

『教官《ティーチ》』は自分に賛同する処刑人たちを集めて、独自の部隊を編制した。ミシェルに先んじて『陽炎の後継《フレアート》』を発見することができた。

二手に分かれたのか、同行しているという原色知性体の姿もない。『陽炎の後継《フレアート》』は単独行動をしている。遠くで集めた仲間たちが戦っている姿が、よく見える。望遠鏡でも覗《のぞ》かねば見えないはずの位置にいる相手の姿がはっきりと映っている。

自分が全盛期になったからだ。『教官《ティーチ》』は疑いなく、自分の状態を信じ切っていた。

だが、それだけでは足りない。

『教官《ティーチ》』たちにメノウたちの居場所を情報提供していた緑髪で眼鏡をかけた神官は、襲撃には参加することなく、いま、連絡が途絶えた。

「やはり……スパイか……」

直属部隊に引き抜かれながら、ミシェルの采配が不服だとして近づいてきた神官、フーズヤード。日ごろ、ミシェルには強く当たられていた様子もあった。異端審問官なんてやりたくないんだという訴えも嘘にも見えなかった。地脈に己の精神を没入させる儀式魔導で感知を続けた彼女からもたらされる情報は最後まで正確だった。

ミシェルたちは『教官《ティーチ》』たちを騙すことなどせず、情報を流すことで捨て駒にして『陽炎の後継《フレアート》』を消耗させ、自分がとどめを刺すつもりなのだ。

「ふざけたことを……」

自分たちを手のひらの上で動かしている気になっている。敵は『陽炎の後継《フレアート》』だけではない。ミシェルも、自分の敵だ。

途中まではミシェルの思い通りに動いてやろう。集めた仲間を犠牲にして、思惑通りに捨て駒になったふりをして、『陽炎の後継《フレアート》』とミシェルを争わせる。

そして残ったほうを自分が討つのだ。

「処刑人は、独立した存在だ……お前の思い通りになるとォ？」

ミシェルと『陽炎の後継《フレアート》』がつぶし合っている間に、自分はもう一つの成果を上げればいい。『第四《フォース》』総督ともなれば、処刑人の成果として十分な相手だった。サハラの居場所は、どうしてか、第六感ともいうべき感覚で察知することができた。それは『教官《ティーチ》』を蝕む原罪概念が同じ場所にいるマヤに引き寄せられているだけなのだが、彼女にその自覚は一切ない。

「おい、あんた。ここは関係者以外、立ち入り禁止だよ」

資材置き場の奥深くに無断で踏み入った『教官《ティーチ》』を数人の男たちが見咎めた。警備にやとわれているのか、見るからに荒事に慣れた冒険者崩れだ。あるいは、不法流通に与している現役冒険者の可能性もある。

彼らは『教官《ティーチ》』のローブからのぞく神官服に、警戒の視線を向ける。

「いくら第一身分《ファウスト》でも、事前の許可がなければ――ぁ？」

『教官《ティーチ》』は躊躇《ちゅうちょ》なくレイピアを引き抜き、男の心臓を突き刺した。自分の胸に刺さったレイピアに、彼は信じられないという表情を浮かべる。

刃を引き抜くのに合わせて、ゆっくりと男が倒れた。

『教官《ティーチ》』が顔を上げた。邪魔をするものは、殺す。それが処刑人だ。

『導力：接続――細剣・紋章――発動【刺突：拡張】』

続けざまに放たれた紋章魔導が、もう一人の額《ひたい》に穴を開ける。奇妙なほど誰も声を上げない静寂の中で、どうっと男の体が地に落ちる。

「どけ……さもなくば、死ね」

悲鳴が、はじけた。


サハラがコンテナの外に出たのと悲鳴が上がったのはほとんど同時だった。

「……んん？」

サハラは小首を傾げる。自分たちが見つかる前に非合法の品でも見つかったのかもと思ったが、騒ぎの質が違う。わずかに、地響きがしている。「なんでッ」「応援を――」「いや、逃げろっ」などという声が聞こえては、途切れていく。情報が錯綜してあわただしくなる周囲の音と、足元から伝わる振動が近づいてくる。

断続的な地響きが、少しずつ近づいてくる。一体なにが、と振動の方向に目を向けた。

『導力：接続――教典・三章一節――発動【襲い来る敵対者は聞いた、鳴り響く鐘の音を】』

導力光の鐘が鳴り響き、サハラたちが乗っていた貨物列車の先頭車両が吹き飛ばされた。

教典魔導だ。警告なしの攻撃に、サハラは絶句する。真っ先に移動手段である導力列車の機関車両を潰《つぶ》してきた。

音響攻撃を打ち鳴らす導力の鐘が消え去るタイミングで現れたのは神官だ。神官服の色は藍色。胸元《むなもと》の線の色からして、神官の中でも司祭相当の実力者であることがわかる。

追手の襲撃だ。どうやったか知らないがピンポイントでサハラたちがいる場所を当ててきた。

「サハラ……貴様、一人か？　いや……やはり、もう一人、禁忌が、『万魔殿《パンデモニウム》』の小指、がいるな……」

サハラを視認した神官がローブを脱ぎ捨てた。

頰《ほお》に傷がある彼女の顔には見覚えがある。

「……『教官《ティーチ》』？」

修道院時代の指導神官の筆頭だ。

だがサハラの記憶にある彼女から変わり果てている。神官服から伸びる手足の地肌に目玉や耳穴ができ、背中は凸凹と不自然に隆起している。ローブを着ていた時にはかろうじてごまかせていた異常性があらわになっていた。

「なに？　イメチェン？　趣味は人それぞれだから、私は否定しないわ」

「ああ。貴様も『陽炎の後継《フレアート》』をかばい立てするか」

会話が成り立っていない返答をされた。

明らかに原罪概念に精神を浸食されて、正気を失っている。サハラは慎重に問いかける。

「なんのこと？　メノウをかばったことなんて、一度としてない。メノウを売れば助けてくれるなら、喜んで売るけど？」

マヤに召喚されて北に来たサハラは、いまのメノウの居場所を知らないのだが、相手はそう思ってくれなかった。

「……『第四《フォース》』総督、サハラ。貴様と『陽炎の後継《フレアート》』は、同時期に修道院に入っていたな」

「同時期っていっても、一年も一緒にいなかったけどね」

サハラと同期の処刑人候補はメノウの要望によって解放された。あの修道院に残ったのは、モモや他のごく一部の例外だけだ。サハラも自分の才能に見切りをつけて、普通の神官になるべく地方で修道女をしていた。

だが半端《はんぱ》に当時を知るからこそ、『教官《ティーチ》』には不審なラインが見えてしまったようだ。

「その頃《ころ》から共謀していたのか？」

「してない。深読みは止めてくれない？」

きっぱりと否定する。サハラにとってみれば迷惑極《きわ》まりない勘違いだった。

「昔からメノウとは普通に仲が悪かった。思い出の捏造《ねつぞう》には断固反対」

「『陽炎の後継《フレアアート》』が修道院を去る際に資料を焼却していたが……それでもわかることがある」

サハラの言葉を無視して『教官《ティーチ》』が全身の目をぎらつかせる。

「調べた限りでは貴様の訓練成績が低迷すると同時に、『陽炎の後継《フレアアート》』は頭角を現していった。なにか二人の間で取り決めがあったのか？」

「いや……なにもないんだけど……」

単純に、早熟気味だったサハラの成長が早々に止まっただけである。それに反して『陽炎《フレア》』直々に訓練を受けたメノウがめきめきと実力を伸ばしていったのだ。悲しい思い出を抉《えぐ》らないで欲しい。

「答えない、か。聖地崩壊の折に『陽炎の後継《フレアアート》』が『陽炎《フレア》』が管理していた修道院の資料を焼いて隠滅しようとした情報は、そのつながりなのだな」

「取り決めもないし、そんなつながりもないし、メノウが庇《かば》った相手も違うし？」

メノウが隠滅した資料は、モモとの関係である。アカリを預けるにあたって、モモにハクアたちの注意が向かないように、徹底的に記録を抹消した。第一身分《ファウスト》に戻るモモとのつながりを断つためだったが、あえて自分とサハラとの記録は中途半端に残してモモから意識をそらしたということを、サハラは知るよしもない。

「『陽炎の後継《フレアート》』は処刑人として、そして貴様はただの修道女のふりをして東部未開拓領域で牙《きば》を研ぎ、下地を作り、用意が済むと同時に脱走して合流したというわけだな」

相手の脳内で壮大なストーリーができてしまっているが、世界は必然と陰謀でできているわけではないことを思い出してほしい。サハラは、なんか流れと偶然と感情で生きてきたのだ。

おかげで、引き返せないところまで来てしまった感がする。

「会話をするのも無駄な気がするけど……『教官《ティーチ》』。原罪概念に手を出したのはともかく……どれだけ、人を食ったの？」

「バカにするな……原罪概念だと。誇りある処刑人の私が、そんなものに手を出すかァ！」

突如として、『教官《ティーチ》』の感情が振り切れた。

過敏な反応にぎょっとしつつも、得心がいった。『教官《ティーチ》』には自分の肉体が原罪概念に侵食されて悪魔と化している自覚すらないのだ。

彼女は禁忌を狩る処刑人として生きてきた。現役《げんえき》を生き抜き、処刑人を育てる修道院の指導教官として抜擢されたプライドが、変調した精神といびつに絡《から》み合《あ》っている。

　ぼこり、と背中が隆起した。神官服を突き破って、成人男性ほどの長さがある腕が出てくる。左右にそれぞれ三本の、計六本の巨大な腕だ。人間一人をそのまま腕の形にこねくりまわして子供が雑につぎはぎしたかのような印象を受けるのに、問題なく指先まで動いている。

「サハラ、なにが――ぅっ」

　隠れていた車両の先頭が吹っ飛ばされたのだ。サハラが開いたコンテナの扉からおそるおそる顔を出したマヤが『教官《ティーチ》』を目にして息を飲む。敵が来たからか、そのグロテスクな見た目にか、はっきりと恐怖の表情を浮かべる。

　サハラが硬直していたのは、マヤとは違う理由だ。

『教官《ティーチ》』の背中から生える六本腕の左側の手のひらに、教典が埋め込まれていた。

「まさか……」

　神官にとって教典は、もっとも強力な武器である。『教官《ティーチ》』のものも含めて、合計四冊。教典魔導を行使する難易度を考えれば、一人で扱えるはずがない。

　だが予想というものは悪いものほど的中する。

「『第四《フォース》』総督に、『万魔殿《パンデモニウム》』の小指。『陽炎の後継《フレアート》』とミシェルの前に、まずは貴様らからだ」

『導力：接続――教典・八章十二節――』

『導力：接続――教典・八章十二節――』

『導力：接続――教典・八章十二節――』

背中から生える腕に埋め込まれた教典が、同時に三つの導力光の光源となる。

「うっそでしょ」

差し迫る脅威に半ば絶望しつつも、体は反応していた。導力強化の燐光を帯びたサハラは、真っ先にマヤを抱きかかえて跳躍。貨物列車のコンテナの後ろに回って『教官《ティーチ》』の視線を切る。

『『『発動【正門に跪《ひざまず》け。門前は主に続く道である】』』』

三つの教典魔導が、同時に放たれた。

三方向、均一な位置に門が形成される。別方向に発生した強力な引力にさらされ、サハラが目くらましに利用した最後尾の車両が引きちぎられた。

多重に発動された教典魔導でバラバラにされた車両の残骸《ざんがい》が、コンテナの積まれた集積所に飛び散る。サハラでは防ぐ手段がない威力だ。対処を間違えれば五体が引きちぎれていた攻撃に冷や汗を隠せない。

「処刑人は、世界に必要だ……世界を、守ってきた……我々を残すための犠牲ならば許される。貴様らを討滅し、『陽炎の後継《フレアート》』を殺し……ミシェルも、殺す……そうすれば、そうさえ、すれば……処刑人は……処刑人の、私は……私、が……」

物陰に隠れて『教官《ティーチ》』の様子を窺っていると、手のひらに教典を埋め込んだ背後の腕が蠢《うごめ》く。

サハラは異形の腕の付け根にある背中の瘤《こぶ》の正体を悟る。

おそらく、脳が収納されている。人間の脳を原罪概念で取り込み、人格も意識もなくして腕を動かし魔導を構築する生体的な導力回路として特化させている。持っている武器と教典からして、元は明らかに神官だ。

『教官《ティーチ》』は自分の腕で、頬に残った傷跡を撫《な》でながらとっくに正気が尽きている瞳《ひとみ》をサハラに向ける。

「私が、奴に笑われることはァ！　なくなる‼」

サハラは覚悟を決めた。化け物となった『教官《ティーチ》』相手に逃げられる気がしない。サハラだけなら逃げを選んだかもしれないが、なぜか、マヤを置いて逃げようとは思えなかった。

『導力：接続――義腕・内部刻印式魔導陣――発動【スキル：銀の籠手《こて》】』

右腕となっている導力義肢を戦闘用に換装する。

相手に教典魔導がある以上、距離をとって戦うのは愚の骨頂だ。逆に近づきさえすれば、範囲魔導は使えなくなる。

「マヤ。あっちの貨物列車、見える？　いまの騒動から逃げようとして、発車準備をしてるやつ。あれに乗れば、『遺跡街』の入り口まで行けるわ」

サハラの腕の中で、マヤが小さな体を震わせる。戦闘の気配に、彼女は怯《おび》えていた。

まずいな、と顔をしかめる。

一人で『遺跡街』まで行く貨物列車に逃がそうとしたのだが、マヤが恐怖で固まってしまっている。

「昨日のことだけど……私には、あなたの気持ちはわからない。マヤがメノウから離れてまで行動している理由も、さっぱりよ」

どうすればいいのだろうかと考えて、サハラは、なぜか、昨日の話を掘り返していた。

「だって私、帰りたいところがないし、失いたくない人なんてできたこともない。誰《だれ》かを心から信頼したことも一度だってないから、裏切られた経験もない」

サハラは幼い頃に死別した両親に大した情を抱いていない。かといって、第一身分《ファウスト》に帰属意識があるわけでもなかった。修道院で暮らしていた時も、競争意識をむき出しにして蹴《け》落とすことばかり考えていた。修道女の一人として東部未開拓領域の戦線にいた時も、誰かを守りたいなんて気持ちは湧《わ》いたことがない。

彼女が憧《あこが》れたのは、たった一人。

『陽炎《フレア》』だけだ。

あんな風に超然とした自分になりたかった。けれども『陽炎《フレア》』に選ばれたのはメノウだった。あの時に選ばれなかった。憧れに届かなかった。劣等感の塊である自分がみじめで仕方なかったから、メノウと戦った。

サハラの人生は妥協と嫉妬《しっと》にまみれている。その癖、自分に嘘をつけないから、あっという間に堕落する。

「理解しろとか、察しろとか、そういうのは、無理。私、自分のためにしか生きていけないもの。だから私は私の人生で、あなたを必要とすることは、きっと、ないわ」

「な、なによ……げぼくの、下僕のサハラの、くせにぃ……」

　マヤが、なんでそんなひどいことを言うんだと瞳を潤ませる。幼気《いたいけ》な涙を前にしても、サハラの心は大して痛まない。面倒だなぁという気持ちのほうがはるかに大きい。

「でも、ほら」

　サハラは自分のためにしか行動できないし、ありもしない感情で誰かを慰めることもできない。いまだって、この言葉がマヤのためになるのかどうかの確信はまったくないまま、不器用に笑いかける。

「私じゃ無理だけど、メノウなら、きっとマヤを必要としてくれるわ」

「は？」

　自分じゃわからないし無理だけど、メノウならなんとかしてくれる。

　誰かを慰める言葉にメノウが出てくるサハラの台詞を聞いて、マヤの口がぽかんと開く。

「……なにそれ」

　思わずあきれて、次いで、くつくつと体を震わせる。戦闘が間近に迫っているのに、場違いなおかしさに細くて白い肩が震える。

「あはっ、あはは！　メ、メノウならなんとかって……どんだけ、サハラって、どんだけ……あはははは！」

どこまでも他力本願のサハラに、マヤは軽《かろ》やかに笑った。

おかしくて、おかしくて、千年前ですら、こんなに笑った覚えがないほどおかしかった。新しい記憶をお腹《なか》に抱えて、マヤは笑いすぎて出た涙を拭《ふ》く。

真面目に説得したつもりのサハラは、不服そうに口を尖らせた。

「……私、そんなにおかしなこと言った？」

「言ったわ」

マヤは小悪魔的な魅力に満ちた笑みで即答する。

「でも、そうね。いまのサハラの言葉は本当かどうか確かめなきゃいけないわ。だからあたしのために、もうひと頑張りしましょう？　それができたら、ご褒美をあげるわ」

「えぇー……それとこれとは話が別というか、責任の所在は私にはないというか……。どうにか、私がなにもしなくていい方向にならない？」

「ならないから、つべこべ言わないの！」

叱咤しながら、マヤがこっそりサハラにはめているヤモリの指輪に触れる。真っ黒なヤモリがするりと動き、マヤの影に戻っていく。

呪いなどなくとも大丈夫だと思えたマヤからの、先払いのご褒美だ。

指輪が消えたことには気が付かず、サハラは生身の左手でマヤの頭を撫でる。

「じゃ、行ってくる。帰ったら、ちゃんと養う準備をしてててほしい」

「……大丈夫？」

「ん、大丈夫。私は、負けない」

意外なことに、思ってもいないセリフがさらりと出た。その言葉にマヤが顔を引き締めて前を向いたのを見て、なんとなく、いまの自分はメノウみたいにうまくできたんじゃないかな、と思えた。

「だから、あなたも頑張って」

送り出した言葉と同時に、マヤは目的地に向かって走り出した。その背中を見送ったサハラが物陰から出て『教官《ティーチ》』と向き合うと、なぜか彼女は立ち尽くしていた。

そういえばマヤとの会話中に攻撃の手が止まっていたなと、今さら思い返す。

「なぜだ……」

「聞いてたの？　照れるわ」

「あれが原罪概念を使えば、記憶を失って人災《ヒューマン・エラー》になればどうなるか、わかっているはずだ」

純粋概念【魔】。数ある禁忌の中でも恐ろしい魔導系統だ。どれだけの人間が魂を売って悪魔となったのか、どれだけ無辜《むこ》の市民が世界を徘徊《はいかい》する魔物の犠牲になったのか。

「あれは、殺してこそ正しいはずの存在だ……なぜ、助ける……なぜ、かばうっ」

サハラは目を瞬いた。まるでいま初めてそのことを考えたというような反応だ。

「え？　さあ？　なんとかなるんじゃない？」

「なに……？　できるのか、お前に。もしもの責任が負えるというのか⁉」

「なんで私がするのよ」

責任を問われたサハラは、ありえないほどの軽さで肩をすくめる。

「メノウが全部、なんとかしてくれるに決まってるじゃない」

いつだって、自分に責任などないのだ。そのくらいのメンタリティでいたほうが、楽に生きられることを、サハラは経験で悟っていた。

「それに、これ」

サハラは、ヤモリの指輪がはまっているはずの義手を前に突き出して、いかに自分が悪くないかを告げる。

「この指輪の呪いで、あの子に脅されているの。つまりマヤの行いで世界がどんなに危なくなっても、脅迫されていた私に罪はないってこと」

「……なにも、ないが？」

「え？」

ぱちぱちと目を瞬いたサハラは、自分の小指を見る。直前でマヤが呪いを解いていたため、そこにはなにもない。

「……本当ね。不思議なこともあるものだわ」

「ふざけてるのか貴様ァ！　貴様のっ、貴様のような輩《やから》などよりぃ……！　私たちのほうが、正しいはずだ！」

『教官《ティーチ》』が絶叫して怒りをはじけさせる。肉体のみならず精神を浸食されて我を失っている『教官《ティーチ》』に、サハラは柄でもなく同情心が湧いた。

彼女は第一身分《ファウスト》を裏切らなかった。処刑人であった時も命令通りに禁忌を狩り、使命を遵守した。彼女の人生は、処刑人としてなに一つ間違ってなどいない。

サハラには、不思議と『教官《ティーチ》』の気持ちがわかった。

間違ったことなどないのに、知らぬ間に道を踏み外している。

かつて、メノウと戦った時のサハラのように。

けれども、自分と似ていながらも明確に異なる部分もある。

「取り戻せるはずだ……奴《やつ》さえ、『陽炎の後継《フレアート》』さえ、殺せば！　すべてを！」

導師《マスター》『陽炎《フレア》』が自ら処刑人候補である修道女の教育に当たるようになったのは、幼い頃のメノウが引き取られてからだ。『陽炎《フレア》』以後と以前では、明確に処刑人のあり方は異なる。

「第一身分《ファウスト》の……私たち処刑人の誇りがァ！　この手に！　そうして、認めさせてやるぅ！この、世界に!!」

『教官《ティーチ》』は前世代の処刑人である。

だから、処刑人の誇りなんて言葉が出てくる。

『陽炎《フレア》』の薫陶を直接受けたメノウはもとより、サハラですら、人殺しに誇りがあるなど信じたことなど一度としてないというのに。

「『教官《ティーチ》』。あなたじゃ、メノウに絶対勝てないものがあるわ。あいつには、導師《マスター》『陽炎《フレア》』も認める才能があったもの」

「なんだ……それは、なんだ……！」

『教官《ティーチ》』の目は血走っている。もはや数える気にならないほど増えた瞳のどれにも、正気は見当たらない。

自分がどうしてこんなざまになったのか、どうすれば現状から抜け出せるのか、とっくに手遅れになっていながらも救いを渇望している。

憐れだ。

誰かを殺すことで取り戻せるものなど、なに一つない。時代から置いてけぼりにされた彼女に、サハラは澄ました表情で自分の頬を指さして、一言。

「顔」

相手の顔から表情が抜け落ちた。

「あいつ、顔だけは生まれながらの天才だもの。ずるい」

軽い調子で言い切ったサハラに、『教官《ティーチ》』は真っ赤《まか》になるどころか怒りで青ざめていた。ひたりと自分の頬の傷に手を当てる。血の気が引いて紫色になった唇が動く。

「――死ね」

すべての感情が過ぎ去った後に残ったものは、殺意だった。

手に持った四つの教典に、導力が流される。展開されつつある魔導構成は、サハラを封じ込めて殺せる擬似教会を構築する魔導だ。

相手は、修道女で終わった自分などよりよほど格上の神官で、しかも原罪概念の力を得て格段に強化されている。サハラにとって絶望的なほどの脅威を前にして、彼女は笑う。

サハラはメノウのことが嫌いだ。あんなに綺麗なメノウのことを嫌いになるしかない、みじめな思考回路をしている自分がもっと嫌いだ。

けれども不思議なことに、いまなら、メノウのことが嫌いな自分を許せる気がした。

「でも、やっぱり……柄じゃないわね」

マヤのために戦いに残ったサハラは、ちょっと後悔しながらも『教官《ティーチ》』との戦闘に没頭した。


大剣が振るわれる。

大の男の身の丈に迫るほど長く、切っ先が丸みを帯びた優美な剣だ。一般人ならば両手で持ちあげることも難しい質量の大剣を、導力強化の燐光をまとうミシェルは片手で振り回す。

無造作に見えて、力ずくで振るっているわけではない。上段を振り切る前に、手首の力だけで切り返して軌跡が横薙ぎに変化する。明らかな術理でもって、風を切って相手の命に迫る。

「よく避ける」

吐き出された声は誉め言葉ではなく、煩《わずら》わしいという感情が乗っている。導力強化によるものか、接近戦の間合いで『陽炎の後継《フレアート》』はミシェルの動きについてきていた。

優勢なのは明らかにミシェルだ。これ以上、時間をかける意味もなければ接近戦で仕留めることにこだわりもない。マヤに渡した教典の代わりが間に合っていないため、左手は手ぶらだが問題はない。ミシェルは大剣の紋章に導力を通す。

『導力：接続――断罪剣・紋章――発動【水流】』

大剣に刻まれた紋章に従い、怒濤の勢いで水流が発生する。

鉄砲水かと錯覚しそうな放水だ。『陽炎の後継《フレアート》』は、とっさに飛び上がることで直撃を避けた。

狙い通りである。空中ならばかわせまいと、【圧縮】の魔導で高圧水流を放とうとした時だ。

大地を揺るがす爆発音が、遠目に見える停車場から響いた。

「なに……？」

予想外の出来事に剣を振り抜き損ねた。『陽炎の後継《フレアート》』が無事着地して距離をとる。

ミシェルは貨物列車の停車場に視線だけを向ける。あそこはマヤが移動していた列車があるはずの場所だ。処刑人たちを誘導するにあたって、『陽炎の後継《フレアート》』の居場所はスパイをやらせていたフーズヤードに流させていたが、マヤの情報は誰にも渡していない。

だというのに、戦闘が始まっているのが遠目でもわかった。

誰が、と思考を回す。ここに来るまでで騎士たちは『陽炎の後継《フレアート》』たちに機能不全にされ、処刑人たちも先ほど壊滅した。マヤを追う人員はいないはずだと考えたところで、先ほど『陽炎の後継《フレアート》』を追っていた人員に『教官《ティーチ》』の姿がなかったことを思い出す。

「あの無能、まさか、マヤ様のほうに……ッ！」

あちらの戦闘は予定外だった。ここまで来て、『教官《ティーチ》』ごときにマヤを傷つけさせるわけにもいかない。ミシェルは心底から、マヤとハクアの和解を望んでいるのだ。

だが目の前の人物が、駆けつけることができない障害となって立ちふさがる。

「よそ見？」

『陽炎の後継《フレアート》』が振るった刃が、ミシェルの脇腹《わきばら》を切り裂く。

だが血肉が飛び散ることはなかった。傷口から湧き出るのは、きらめく導力だ。この世界にミシェルの存在を固定しようと循環をする【力】が瞬く間にミシェルの肉体を修復する。

「そっちが待ち伏せしていたわりには、ずいぶんと気がそぞろね。なにを焦ってるの？」

「ちっ……！」

挑発的な台詞に、ミシェルは片目をたわめる。

自分が策を練って『陽炎の後継《フレアート》』を討とうしていたというのに、自分が予定外の襲撃に焦《あせ》っている。逆転した心理状態に、苛立《いらだ》たしさが募る。

「……そちらこそ、いいのか？　仲間が襲われているぞ」

「心配してくれるの？　その優しさで、最初から関《かか》わらないでくれたらよかったのに」

「黙れ。そもそも貴様にマヤ様と一緒にいる権利があるのか？　元処刑人、『陽炎の後継《フレアート》』」

　動揺を誘うために鋭く問いかける。

「マヤ様は、異世界人だ」

　オオシマ・マヤ。

　もともと『万魔殿《パンデモニウム》』だったという経歴に目を取られがちだが、彼女は『迷い人』だ。自分の意図と関係なく、召喚され、利用され、人災《ヒューマン・エラー》になった無辜の日本人である。

「お前がいままで殺してきた人間と、本質的にはなにも変わらない。それでも救うのか？　いままで死体を積み上げてきた加害者のお前に、異世界人が救われたいと思うか？」

　罪を問うて、メノウの傲慢さを突き付ける。

「それに比べて、ハクア様は千年前より異世界人を救う活動を続けられていた」

「なにを言ってるの？　第一身分《ファウスト》をつくったのが、ハクアよ。異世界人を禁忌にしたあいつが救っていたなんて、よくまあ言えたものね」

「はっ」

　ミシェルは笑い飛ばす。

「なんのために、『星骸』をハクア様たちが造ったと思っている。だからこそ、お前たちも『星骸』を求めているのだろう」

「戦略級破壊兵器でしょう。北大陸をくり抜いた跡地を見れば、威力も察しが付くわ」

「なに？　いや……もしや、貴様ら」

『陽炎の後継《フレアート》』の答えに、ミシェルが不審げな顔になる。

「『星骸』を、本当にただの破壊兵器だと思っているのか？」

意味深な言葉に『陽炎の後継《フレアート》』の動きが一瞬止まる。相手の話を聞くために、戦闘とは無関係に身を乗り出す態勢になってしまった。

「図星か。まさか『星骸』を額面通り破壊兵器程度に思っているとはな。いや、考えてみれば、『盟主』もマヤ様も本来の建造目的は知らんか……。しかし北大陸をくり抜いた、という結果だけにとらわれ過ぎだ」

会話の途中とはいえ、ミシェルはその隙を見逃すほど甘くはなかった。

話を止めないまま踏み込んだミシェルの一閃はとっさの動きで回避されたが、大剣の柄についた飾りが、こつんと、と『陽炎の後継《フレアート》』の顔面に当たる。

攻撃といえないような接触。事実、『陽炎の後継《フレアート》』は攻撃と認識できなかったから避けなかったのだろう。

この首切り剣に、どんな紋章が刻まれているのかを忘れて。

『導力：接続――断罪剣・紋章――発動【圧縮】』

紋章魔導の発動により、接触点へと【力】が収束する。液体を刃と変えるほどの圧力に、べぎりと異音を立てて『陽炎の後継《フレアート》』の顔面がひしゃげて潰れた。

「ハクア様の敵というには、下らん奴だった――なに？」

勝利の台詞を途中で飲み込む。

血が、飛び散らない。顔を失った体の全身に亀裂が広がる。これは人間ではない。人間に擬態した魔導兵特有の、換装現象だ。きらめく残骸が青い導力光とともに消失する。

「い、い、こ、と、きーちゃった！　あっは！　あたしのこと、メノウちゃんだと思った？」

声が響いた。

この世界に顕現させている体を砕かれ、膨大な質量を持つ本体から換装して復活した彼女は、もとの擬態を取り戻していた。白い肌も、儚い栗毛もない。そこにいたのは薄紫色のくせ毛を腰元まで伸ばしたグラマラスな褐色美人だ。

「残念っ、おねーさんでしたぁ！」

メノウに擬態してミシェルを釣り出したアビィが、会心の笑みで種を明かす。

ミシェルは幽霊でも見るかのような視線で、正体を現したアビィに視線を注ぐ。

「あれあれー、どうしたのかなぁ？　おねーさんのナイスバディに見とれてるぅ？」

「……いつからだ」

「んー？　きこーえないよー？　年上の質問は聞き取りづらいんだぁー」

「いつから、お前が『陽炎の後継《フレアート》』と入れ替わった⁉」

わざとらしく耳に手を当てて聞き返したアビィに、ミシェルは怒号をたたきつける。

平静を失っている態度を見て、にんまりとご機嫌に笑う。

「騎士くんたちの本部をお仕置きした後だよ。ちょっと考えればわかるでしょ」

ぎりり、と歯噛みをする。

ミシェルは純粋にマヤとハクアの和睦を信じていた。そのためにはメノウが邪魔だと、姿が追えなくなったアビィを一旦捨て置いて、排除にかかっていたのだ。それを逆手に取られた。

「ならば……いま、『陽炎の後継《フレアート》』は、どこにいる?」

「教えてあげよっかぁ? どうせ、いまからじゃ遅いしね」

アビィが下腹部の歯車に手を当てる。もぞりと這い出したトンボ型の蟲の複眼から、事前にメノウに付けてある蟲の捉えている映像が流れ始めた。


『教官《ティーチ》』は自分の部下にサハラを攻撃させた。

自分の背中にいる教え子は、いままでにない素直さと優秀さでサハラに攻撃を繰り出すが、導力義肢で弾《はじ》きながらしのがれた。神官未満の修道女とはいえ単純な攻撃が通じるほど安い敵ではなさそうだ。『教官《ティーチ》』はもう一人の教え子に指示をして、集積所に積まれているコンテナを持ち上げた。

「うっわ」

相手の反応を無視して、コンテナを投てきした。サハラの手前に落ちた巨大な木箱が砕け散

り、細かな破片が彼女を傷つける。

一瞬、サハラの動きが止まったタイミングで『教官《ティーチ》』の意思を汲んだ三人目の教え子が狙い澄ました教典魔導を叩き込む。

『導力：接続──教典・一章二節──発動【杭《くい》を打ちて、始まりの地を知らしめる】』

導力でできた杭が、上から下へと放たれる。地面に穿たれた一撃をかろうじてかわしたサハラが、吹き飛ばされながらも受け身を取る。

『教官《ティーチ》』をまっすぐ見据えたサハラの導力義肢に、導力光が走る。

『導力：接続──義腕・内部刻印式魔導陣──発動【スキル：導力砲】』

『導力：接続──教典・二章五節──発動【ああ、敬虔な羊の群れを囲む壁は崩れぬと知れ】』

『教官《ティーチ》』は自身で防御魔導を発動してサハラの攻撃を弾く。教典魔導の光壁が消えるかどうかのタイミングで、サハラが突っ込んできた。

『教官《ティーチ》』は戦いながらサハラの能力を分析する。

導力義肢は原色概念由来、戦闘用の出力は原罪概念異界から引き出している。まっとうな能力が一つとしてない。幼少期は魔導の覚えが早かったものだが、ずいぶんといびつな成長をしている。

数日前までの『教官《ティーチ》』ならば、慎重に対応しながら戦っただろう。牽制を繰り返し、隙をうかがい、能力の底を割り出して適切な対応をしていたはずだ。

だが、いまの彼女にそんな駆け引きは必要なかった。

背中から生える腕が、不自然に伸縮する。一撃目。振り下ろされる腕をサハラが回避する。地面が陥没した。導力強化なしでの威力だ。

力だ。力で、押し通せばいい。

「本当の化け物になって――ぶッ⁉」

一本目はかわされ、二本目が防がれ、三本目と見せかけて『教官《ティーチ》』が投てきしたレイピアがサハラを貫いた。

サハラが、血を吐いた。命中した刃は、胸を貫いて肺を潰している。致命傷だ。続けて頭をひねりつぶそうと近づいたところで、サハラが顔を上げた。

「……ねえ、『教官《ティーチ》』。あなたは、他人から見れば、とてもみっともないけどね」

明らかな致命傷にもかかわらず、ゼロ距離で義腕に導力を流す。

『導力：接続――』

『教官《ティーチ》』が引くより早く、サハラの導力義肢が魔導を発動させる。

「私は、あなたのことを笑わない」

『義腕・内部刻印式魔導陣――』

「わかるもの。頭がおかしくなるほど、他人を嫉妬する気持ちが」

『発動【スキル：杭打ち】』

ありったけの導力を込めた一撃が、『教官《ティーチ》』の心臓を吹き飛ばした。

ゼロ距離で炸裂《さくれつ》した導力仕掛けのパイルバンカーによって、『教官《ティーチ》』の胸元に風穴が空いて瞳から光が消え失せる。

「あなたの人生を、世界にじゃなくて……『陽炎《フレア》』に認めてほしかったのよね」

格上の神官を相手に、ぎりぎりの勝負を切り抜けたサハラが膝から崩れ落ちる。嫉妬に支配された『教官《ティーチ》』の気持ちは痛いほどによくわかったが、どうしてだろうか。いまのサハラは、『教官《ティーチ》』にだって他の生き方があったんじゃないかと思わずにはいられなかった。

「相討ち、ね……」

呟《つぶや》くと同時に、サハラの肉体が生命反応を停止させる。サハラの死体が塵となって舞い散り、人格を作る精神が導力の経路を通しこの世界にはない空間へと運ばれ、収納していた素材から、自分の体を作る。自分の体の予備に魂が宿って、にゅるんと現世に押し出される。

「ま、私は残機があるから死なないけど」

新しく生まれたサハラは、ぐっぱと導力義肢を動かす。

「はぁ……一回分しかないのよね、残機。補充するまで死ねない」

サハラはアビィほど燃費がよくない。どうも原罪概念と原色概念の両方を体の中で両立させている弊害らしく、扱えるスペースが異様に狭いのだ。

「さて、マヤを乗せた列車は……もう発車してるわね」

ここから導力強化をして追いかければ、どうせ騙されているだろうマヤを助けにぎりぎり間に合うだろうか。脳内の地図と自分の能力を照らし合わせていた時だ。

「まだ、だ……」

背後で、声が聞こえた。

サハラは目を見張る。ありえない。いくら原罪概念に取り込まれて悪魔と化していようが、核となっている心臓を吹き飛ばされて生きているはずがない。

だが、『教官《ティーチ》』は生きていた。

「それ、なんで……」

サハラが茫然とした声を漏らす。『教官《ティーチ》』の胸元には向こう側が見えるほどはっきりと風穴を空けたはずだ。

それが、埋まっていた。なくなった心臓の代わりに、彼女は近くにあったものを取り込んで体の一部としつつあった。

『教官《ティーチ》』が現れた時に、吹き飛ばしたもの。先頭車両の機関室にあった、列車の動力源。導力機関を、心臓代わりに取り込んでいた。

どうるんッと音を立てて導力機関が駆動する。物質、生物に関わらず浸食して取り込む性質に従って、列車の導力機関を取り込むことで生命を維持して、出力を跳ね上げた。心臓の代わりに同一化した導力機関が『教官《ティーチ》』のシルエットをゆがめる。かろうじて人の形をしていたのが、ついに只の化け物となった。

『導力：接続――教典・二章五節――発動【ああ、敬虔な羊の群れを囲む壁は崩れぬと知れ】』

『導力：接続――教典・三章一節――発動【襲い来る敵対者は聞いた、鳴り響く鐘の音を】』

『導力：接続――教典・一章二節――発動【杭を打ちて、始まりの地を知らしめる】』

『導力：接続――教典・八章十二節――発動【正門に跪け。門前は主に続く道である】』

四つの教典魔導が同時発動した。

停車場全体を覆うほどの擬似教会が形成され、内部で音響魔導が鳴り響く。崩壊が起こった。崩れ落ちる瓦礫《がれき》に、サハラは抵抗のしようもなく飲み込まれた。


火の手が、上がっていた。

擬似教会の一撃により、停車場の列車や積まれていたコンテナ、機材などはすべて原型を失っている。事前に『教官《ティーチ》』が暴れていたためにほとんどの人間は逃げていたが、人命の被害もゼロではない。

荷物の中に可燃性のものでもあったのか、吹き飛ばされた停車場の残骸に火が点いて周囲を燃え上がりつつあった。

炎の温度を感じることもなく、『教官《ティーチ》』は立ち尽くしていた。

勝利した。生き残った。死ねばそこで人の意思は途絶える。ならば自分こそが正義だ。

力だ。力こそが、あればいい。力さえあれば、相手を圧倒して自分の正しさを示せる。

だというのに、なぜだろう。

――くはっ。

笑い声が耳から離れない。自分をあざける声が聞こえ続ける。

まだ、足りない。なにが足りない。

――貴様はバカか。

耳元で聞こえた声に、振り返る。

炎に、影が揺らめいている。光を遮って発生するシルエットを見て、『教官《ティーチ》』は愕然とする。

そこに、化け物がいた。なんだ、この化け物は。そう声に出そうとして、自分の声帯がなくなっていることに初めて気が付いた。

ああ、と腑に落ちた。

影に揺らめく化け物は、自分自身なのだ。

自分という存在を構成するものが蝕まれている。疑いようもない。自分は原罪概念に蝕まれている。なけなしの理性もまもなく失って、人を襲うしか能がない化け物に成り下がる。

誰が、自分をこんなざまにした。

『陽炎《フレア》』に貫かれた頬の傷がうずく。ざらりとした傷跡を撫でる。そうだ。『教官』の処刑人としての誇りが傷つけられたのは、あの時だった。あの時の、あの言葉だった。

――この無能が。

ミシェルの声と『陽炎《フレア》』の声が、彼女の記憶の中で重なった。

「ッ!!」

憤怒が、『教官《ティーチ》』の精神を粉々に砕いた。

『教官《ティーチ》』という処刑人が人格を失う直前に定めた狙いの対象は、『総督』でも『陽炎の後継《フレアート》』でもない。

「みぃいいいいいいいいいいいしぇるぅううううううぅうう」

一匹の化け物が咆哮を上げる。もはや人間の声よりも、導力機関の駆動音に近かった。

『教官《ティーチ》』の全身に浮かんだ目玉が、一斉にとある一点に向かう。

ここから少し離れた平原。ミシェルとアビィが戦っている場所へと一気に駆け出す。すでに二本足で走ることすら煩わしい。背中から生える六本の腕を足に、獣のように、しかし獣ではありえない化け物そのものの姿で駆動した。


昇りはじめた朝日の光に押されるように、マヤは走っていた。

乗り換えた停車場から『遺跡街』の最寄り駅には、三十分ほどで到着した。

最初、メノウたちから離れた時とは違う。そそのかされたわけではなく、確固たる目的を持って走る。

ここまで、ずっと迷っていた。ミシェルに会って、ハクアの声を聞いてから、ずっとだ。誰かに必要とされたい。ハクアの誘いは、マヤの弱い心を見透かした勧誘だった。マノンがいなくなったいま、マヤは誰を裏切ってもよかった。母が死んでしまった世界で、なにを犠牲にしてもよかった。

だって、マヤを必要としてくれる人が、いなくなってしまったのだから。

「はぁっ……はっ……！」

たどり着いた場所は、見渡す限り、傾斜を描いて陥没した荒野だった。

「……本当に、なんにもなくなっちゃったのね」

ここには、かつて町があった。世界で一番広く、世界でもっとも発展した巨大都市が。

変わり果てた景色に浮かんだ感傷を振り払い、マヤはハクアが待ち合わせに指定していた建物に目を向ける。

その教会は、地面にぽっかりと空いた穴の上に存在した。小さな村くらいならば飲み込めそうなほどの直径がある穴の淵からいくつもの橋が伸び、中心に立っている教会を支えている。普通の教会は上に尖塔が伸びるのだが、ここに関しては逆だ。穴の底に向かって教会様式の塔が建てられている。奈落の底まで続くその逆さの尖塔が『遺跡街』へと続く道だ。

人の気配はない。おそらくハクアが人払いをしている。マヤは見張りもいない橋を渡って、中空に建造された教会に入った。

騙されているだろうとサハラは散々言ったが、マヤはハクアが来る可能性だけは決して低くないと見積もっていた。

なぜならば、ハクアがマヤのことを警戒するはずがないからだ。

騙すにしろなんにしろ、警戒の必要がないほど弱いマヤの前ならば、ハクアが姿を現すことは十分にあり得た。

「ハクア！　あたしが来たわよ！」

一声して中に入ると、礼拝堂に一人の少女がいた。

長すぎるほどに長い黒髪をした少女だ。服こそ、セーラー服ではない。真っ白な貫頭衣を着用しているが、メノウにそっくりな顔つきからして、シラカミ・ハクアに間違いない。

「君なら、来ると信じていたよ。久しぶりだね、マヤ」

「ええ。確かに、来たわ。あなたの言う通り、一人で」

「ああ、そうだね。君は変わらない。千年前の、あの時のままだ。変わり果てたボクとは、対照的だ」

「あなたは聖地から出てきたの？」

「……ははっ、まさか」

ここに現れたハクアは、あっさりと否定した。

ミシェルはハクアがマヤのために聖地を離れたと本気で信じていたが、そんなはずがない。

ここにいるハクアは、ハクアでありながらもハクアではない存在だ。

「『陽炎の後継《フレアート》』を逃がしてから、聖地で代わりになる肉体をつくっているんだ。あいつが灯里《あかり》ちゃんの時間を停止させたから、逆に時間の猶予ができた。手間にはなるけど、また一から灯里ちゃんと同一になれる素材をつくる時間がね。この肉体は、試作中のものを活用してボクの精神を【憑依《ひょうい》】させているんだよ。いわば分体なんだけど――」

ハクアが手を前に出す。指先が、真っ白になっていた。白くなった部分に生命の気配は感じられない。

「どうも、馴染まなくてね。【憑依】しているだけで、純粋概念に肉体まで侵される」

それが、タイムリミットの理由らしい。

あの白い部分が広がれば、ハクアの精神を宿している分体とやらは生命維持ができなくなるのだろう。

「あなたの肉体が本物かどうかなんて、どうでもいいことだわ」

「そうかい？」

「ええ。あたしがここに来たのは、千年前のあの時のことを、あなたの口から聞くためだもの。精神がホンモノなら、それでいいの」

「安心しておくれ。それに、間違いはないよ」

ならばいい。マヤは改めてハクアを見る。

千年前の中心街。いまはマヤたちが立っている場所でハクアは廼乃《のの》の純粋概念を写し、彼女を人災《ヒューマン・エラー》化させた。それと同時に、『星骸』は真の意味で完成した。

「答えて、ハクア。廼乃を――あたしたちを裏切った行為には、なにか訳があったの？」

渾身の問いを突き付けるマヤに、ハクアはがらんどうな黒瞳を向ける。

「ここで起こったことを、君は覚えているかな」

「当たり前でしょう！　忘れるわけが、ないじゃない！」

「そうか」

千年生きた人物は、ぽっかりと虚ろな声を響かせた。

「ボクは、もう忘れてしまったよ」

どれほど印象的な出来事でも、人は時間に勝つことなどできない。いままで、時間に挑む権利を与えられた人間は、この世界でも一人しかいない。

純粋概念【時】を魂に宿した異世界人、トキトウ・アカリだけだ。

『導力：素材併呑――小聖堂・教会建築魔導紋章――起動【障壁内陣結界】』

教会に常備されている結界魔導が発動した。

外部からの攻撃を遮断する結界は、同時に内部にいる人間を閉じ込める。結界によってマヤの逃げ場はなくなった。

かりそめの体に【憑依】したハクアが、手を伸ばす。

千年前、『星骸』の真下で星崎《ほしざき》廼乃にそうしたように、マヤの胸元に手を当てる。彼女のワンピースに空いた真ん中の穴から晒された肌に、真っ白な指先が触れた。

「覚えているのは、あの時に回収し損ねたことだけだ。君の【魔】だけをね」

マヤは、まっすぐにハクアの顔を見る。

「……あたしたちを、騙していた理由すら、忘れたっていうの？」

「ああ、そうだ。もう、過去はどうでもいいんだ。いまグリザリカを落とすのに、君の純粋概念が有用だっていう理由でしかない」

ハクアは罪悪感も見せることなく首肯する。彼女の視線は、どこか遠くに向けられている。ただの情報となってしまった記憶を掘り出し、どうにかして感情を付随させようとして、それでも動かない心に落胆する。

「……そう、なんだよ。最初から最後まで、君たちを騙していたということだけしか、覚えていない。なんでも、どうしても、どうでもよくなった」

まったくの無感動で言い切って、純粋概念を発動させる。

「それがボクの罪で、罰だ」

『導力：接続――完全定着・純粋概念【白】――発動【漂白】』

ハクアが操る純粋概念【白】は、精神に干渉して人格を抹消する魔導【漂白】を発動できる。記憶を消費することで人災《ヒューマン・エラー》と化す異世界人に対しては、あまりに強力だ。

だが、その魔導にさらされながらも、マヤは微塵も焦りを見せない。

自分の魔導の効きの悪さに、ハクアは怪訝な顔をする。精神を宿しているとはいえ不完全な分体で純粋概念を発動させたからか、あるいはマヤの肉体の純粋概念【魔】という特殊性ゆえか、本来ならば瞬く間に記憶を削る魔導は、徐々にしか効力を表していない。

「肉体はともかく、精神はあなたって言ったわよね」

「それが、どうしたんだい？」

千年前の真実を知っても、マヤの心にさほどの落胆はない。十中八九、ハクアは自分を騙してここにおびき寄せたのだろうということは、マヤだってわかっていたのだ。

【漂白】に蝕まれながら、マヤはがしり、と自分の胸に触れるハクアの手を掴む。

彼女は、待っていたのだ。

ハクアが純粋概念【魔】に干渉するため、無防備に自分に触れる、その瞬間を。

「人の精神に干渉する魔導は、あなたの専売特許じゃないってこと」

至近距離でハクアと顔を突き合わせたマヤが、不敵に笑う。

ハクアがマヤの純粋概念を利用しようとしていることくらい、すぐに気が付いた。

千年前のマヤの弱さを知っているのだから、本人が現れてマヤを取り込もうとするだろうと予想は付いていた。

マヤは、ハクアが二人きりで自分に会いに来ると言った時に、思い付いたのだ。

「あたしの純粋概念【魔】は――精神も、浸食するわよ」

自分の純粋概念ならば、ハクアを倒すことができるのかもしれない、と。

『導力：接続――』

『混沌癒着・純粋概念【魔】――』

「ま――」

「待たない」

マヤは引こうしたハクアの手に指を絡めて、がっしりと掴む。

メノウではなく、『星骸』の力に頼るまでもなく、自分がここで全力を尽くせば、ハクアを倒せる。自分を裏切り続けたこの世界を自分が救ってやることで、ざまぁみろと言ってやれる。

誰もが思い付かなかった自分の可能性に賭けて、世界を出し抜くためにマヤは一人でここまで来たのだ。

『浸食【原罪概念：魔】』

ずぶり、とマヤの手がハクアの肉体にもぐりこむ。痛みはない。あるのは全身が総毛立つ異物感と不快感だけだ。それに耐えながら、逃げようとした精神を見つけて、掴み上げる。

「う、ぐぅ……！」

ハクアの精神が身をよじって抵抗した。【漂白】の魔導は、原罪概念の浸食を相殺していく。

そう、相殺だ。多くの魔導現象を一方的に浸食した【漂白】ですら、原罪概念の浸食と食い合っている。

マヤが勝てる確信などない。【漂白】は異世界人にとって最悪の魔導だ。ハクアがマヤの純粋概念を取りこんでおしまいになる可能性のほうがずっと大きい。

それでも。

自分が世界を変えるために、マヤは全力を注ぐ。

「や、ぁ、あああああああああ！」

ハクアと接続した経路に、自分の魂に癒着した導く力に乗せて、マノンから受け取ってサハラたちと育んだ、ありったけの記憶を注ぐ。

純粋概念【魔】の根本。原罪概念とはなにか、という問いにマヤは答えることができない。もとから存在して、この世界と断絶していた異界が、マヤという異世界人が召喚された時に彼女を魔導素材として経路がつながった。

原罪概念は、マヤが生んだわけではない。この世界で人類が発祥するより早く存在した異界だ。本来的に、原罪概念は【力】が満ちた世界であり、物質が存在しない。導力そのものが、意思のない導力生命体に近いのだ。

この世界の人間が導力を与えることで、そこに意思が宿る。この世界の摂理を正常な自分の世界のものにしようとするのが、原罪魔導の浸食作用である。

マヤの肉体を入り口にして、その作用がハクアを食らいつくそうとする。

「なぜ、ここまで、する……！　人　災《ヒューマン・エラー》に戻るのが、こわく、ないのか……！」

「恐いわ。でも、決めたの。あたしたちを裏切ったあなたを、マノンを殺したあなたを、絶対に、許さない。思い知らせてやるって」

過去の自分に揺らがずに、確固たる感情を込めてにらみつける。

「あたしの力は、ただ弱いだけじゃなかった」

純粋概念【魔】は最弱なだけではなかった。四大人　災《ヒューマン・エラー》と、のちの世にささやかれる災厄となった。

「なにかを与えることだって、できた」

精神だけになったサハラに肉体を与えることができたように、擬似的な人の命を与える魔導にもなった。見るもおぞましい力でも、使い方次第では有益になったはずだ。

もしもマヤがもっと昔に自分の純粋概念に向き合っていれば、違った未来があったのかもしれない。異界から生命を召喚し、召喚した生命でこの世界を浸食し、なにもかもを変質させるというおぞましいだけに見えた自分の力だって、役に立てることができたのかもしれないのだ。

千年前は役に立てようとも思わなかった。有無を言わせず純粋概念の検体として捕らえられた過去がトラウマだった。人　災《ヒューマン・エラー》になった後の自分の能力のおぞましさが恐ろしかった。記憶を削る純粋概念なんて試したくもなかったし、向き合いたくもなかった。

「あたしは、自分を変えることができる」

自分は前の自分ではない。捕らえられた憐れな大志万摩耶《おおしままや》でもない。すべての経験を経て、マヤは決めたのだ。

自分のすべてと引き換えに、四大人　災《ヒューマン・エラー》にも勝る傷を星につけようとしているシラカミ・ハクアを止めてやる、と。

「そうか……」

浸食していく原罪概念が、漂白現象を上回りかけた、その刹那。

不意に、ハクアが優しく微笑んだ。

「あんなに弱かった君が、そんな風に変われる出会いが、あったんだね」

ぎくり、とマヤが身をすくめた。

マヤは、半ば自分を捨てる覚悟できた。人　災《ヒューマン・エラー》に戻ってもいいと、どうせ、こんな世界に未練はないと。自分を必要としてくれる人なんていないと。自分たちを裏切り、マノンを殺したハクアを倒せるのならと、決意を固めた。

だから、想像もしていなかった。

――メノウなら、きっと、マヤを必要としてくれるわ。

サハラが、あんなことを言うなんて。

おかしくて、バカみたいで、だから信じてもいいかもしれないと思えた言葉だった。もしかしたら、求めていたものが手に入れられるかもしれない。マヤがマヤとして生きていても、必要としてくれる人が、現れるのかもしれない。

サハラとの数日間が、マヤに、そう思わせた。

「そうだよ、マヤ。君は幼くて、可能性にあふれていて――」

優しげなハクアの声がマヤに未練を思い出させる。

ハクアを道連れにしてやろうという決心が、もろくも崩れ去る。記憶を消費する喪失感に耐えかねて、みるみるうちに【漂白】が優位になる。ここに来るまでに見つけた、自分との縁を自覚させることで、人災《ヒューマン・エラー》になる恐怖が蘇る。

「――だから、君は弱いんだよ」

いくら強く覚悟を決めたつもりでも、純粋概念と向き合っていても、マヤは小さな子供でしかなかった。

もしもマヤが、この世界に未練を残していなかったら、マヤはハクアに勝ったかもしれなかった。マヤの純粋概念は、分体とはいえハクアの精神を捕らえていたのだ。

だが、マヤはどうしようもなく、弱かった。

自分を必要としてくれるかもしれない人がいると、それだけで生きたいと思ってしまうほどに。

記憶を十分に残した状態で、マヤは浸食を止めてしまった。

「あ……」

一気に、漂白現象がマヤの肉体に広がる。純粋概念【魔】を己のものとするべく、ハクアが再び腕を伸ばす。

「惜しかったね、マヤ。君は――」

最後まで言い切る前に、教会が揺れた。

外からの攻撃だ。ハクアの手が止まる。

「――なに？」

ハクアが発動させたのは、教会を守護する結界だ。建築様式をそのまま魔導陣にした守りはたやすく打ち破れるものではない。

だが外からの攻撃は一度では済まなかった。二度、三度と教会の結界を揺さぶる音が鳴る。五度目で、とうとう耐え切れず、教会を覆っていた導力光が砕け散った。

壁が吹き飛んで、外の光が差し込んだ。

逆光を背負って現れたのは、ハクアと同じ顔をした人物だ。彼女は粉塵を吸い込まないように黄色のケープを口元に寄せながら礼拝堂に踏み入り、風のような動きでマヤを抱えてハクアから引き離す。

「こそこそとたくらみをするのが好きなわりに、相変わらず、詰めが甘いわね。あなたをもとに私が生まれたなんて、そのお粗末な頭の出来に接していると信じたくもなくなるわ」

迷い、傷つき、自分と向きあって挑戦し、そして敗北しようとした少女を救うために現れた人物を見て、ハクアの顔がゆがむ。

一人でハクアと戦って終わるつもりだったマヤは、驚きに目を丸くして彼女の名前を呼んだ。

「メノウ……⁉」

「ええ」

さっそうと現れたメノウは、マヤを安心させるために笑いかける。

「迎えに来たわよ、マヤ」


ミシェルは顔色を失くしていた。

アビィと戦うことすら忘れて、投影される映像に食い入るように意識を向けている。飛ばした蟲の偵察映像を中継しているのだが、意外なほどの効果に、当のアビィが面食らってしまった。

「バカな……」

彼女はハクアとマヤの和睦を望んでいた。ハクアを信じていたミシェルにとって、彼女がマヤに危害を加えていた光景は言葉にならないほどショッキングなものだった。

さらに、信じられないことがある。ミシェルは愕然とした口調で呟く。

「ハクア様が、マヤ様に……それに【憑依】だと――」

映像が投影されたのはそこまでだった。

「あ」

アビィが小さな声を上げる。ミシェルとアビィの間に轟音とともに化け物が割り込んできた。

そいつが映像を投影していた蟲を踏みつぶしたのだ。

「みしぇえええええるぅうううううううううううううううう！」

けたたましい鳴き声を上げたのは、異常に長い六本足を生やした異形の生物だ。全身には数えきれないほどの耳目が不規則に並んでおり、いびつに膨らんだ胴体には列車の導力機関を取り込んで心臓の機能を果たしていた。

もとは人間だという面影をほとんどなくした姿に、ミシェルは苛立たしげに片目をたわめる。

「くっ……なぜこいつが、魔物に⁉　まさか、マヤ様にやられたのか……？」

イレギュラーな事態に悪態をつく。

低音の吠え声が響いた。心臓となった導力機関の導力光を口から吐き出し、『教官《ティーチ》』が疾走する。正気を失っていながらも、狙いは完全にミシェルだ。

必然的に、アビィが自由になる。『教官《ティーチ》』の動きに合わせて、彼女の上に乗る。触れた場所は、心臓となっている導力機関だ。

「あはっ。魂まで原罪概念に浸食されてるから、もうどうなってもいいよね、これ」

「待て――ちぃ‼」

『導力：素材併呑――アビリティ・コントロール――起動【スキル付与：バーサーカー】』

アビィのお腹に描かれた歯車が、かちりと音を立てて回る。導力機関に惜しみなく素材を注がれ、列車を駆動させるレベルから街区を賄える導力炉へと進化を果たす。人の絶叫とも、導力機関の駆動音とも区別がつかない大音声が鳴り響き、導力炉がまき散らす熱気が周辺の雪を融解せて水蒸気を発生させる。

「やっぱ妹ちゃんみたいに導力循環はしないかぁ……。ま、足止めには十分かな」

あまりの高出力に排熱が追いつかず、肉体がドロドロに溶け始めている。意識が消失して情念の塊となっている『教官《ティーチ》』が教典魔導の狙いをつける。これを無視するわけにはいかないと、ミシェルは『教官《ティーチ》』に向き直った。

予定外の事態に振り回されているミシェルの様子を、安全圏まで離脱したアビィは愉快げに笑い飛ばす。

「自業自得？　策士、策に溺れる？　嵌めようとした相手に嵌められて足止めされて、どんな気分？」

彼女はべぇっと舌を出して一言。

「ざまぁーみろ」

人に絡む魔導兵は、意地悪く、自分より年上のミシェルをあざ笑った。

『導力：接続――不正共有・純粋概念【時】――発動【回帰】』

マヤの胸元が漂白現象に襲われているのを見て、メノウは躊躇なく、導力銃を介することなく【回帰】を発動させた。ごっそりと精神を消耗した感覚があったが、無視して純粋概念【時】

の制御に集中する。【漂白】の威力を考えると効かない可能性もあったのだが、幸いなことに、マヤの肉体が原罪概念を宿している影響もあってか、それともハクアが分体を介していたからか、【回帰】が漂白を打ち消してマヤを肌色に戻していく。

ハクアに心情を悟られないために余裕の面持ちを保ちながらも、メノウは内心で胸を撫で下ろす。マヤは無事だ。それもメノウが予想もしていなかった勇姿を見せていた。

彼女は、ハクアと戦って、追い詰めていた。

ただ騙されて独断行動をとったとばかり思っていたマヤは、メノウの予想を飛び越え、自分の因縁と向き合って、魂に癒着した純粋概念にも恐れず戦って、ハクアを追い詰めた。

戦えない、弱い子だとばかり思っていた。騙されているから助けてあげないと、と無自覚な上から目線で駆けつけた。

「ほんと、私は見る目がないわ」

メノウは自分の目が曇っていたことを自覚する。

「マヤ」

彼女が求めているのは、きっと、庇護者《ひご》からの言葉ではない。

「あとは、任せて」

戦いを引き継ぐための力強い言葉に、マヤの目が潤んでからこくりと頷いた。

うらぶれた教会で、聖地崩壊以来、メノウは因縁の相手と相対する。

マヤに向けていた笑顔とは打って変わった冷徹な表情で、迷いなく導力銃を向ける。

「よくも私の仲間をたぶらかしてくれたわね。覚悟はできているんでしょうね」

「ボクの仲間だよ、マヤは」

「騙そうとしたくせに？　それで、反撃を食らって負けそうになっていた分際で？」

小気味よく笑ってやると、ハクアの顔が嫌そうにゆがむ。マヤを騙して誘い出したつもりのハクアが手痛い反撃を受けていたのは、痛快だった。

「ミシェルは、どうしたのさ。君ごときに、彼女を突破できる力があるはずがないんだけどね」

「なんであんたなんかに教えてやらなきゃいけないのよ。その顔を見るだけでも気分が悪いのに。もう、ここで消えなさい。その体……どうせ、本体じゃないんでしょうけど」

「そうだね。分体だよ。本体にいる時と比べれば、純粋概念の威力も落ちてしまっている」

ハクアが冷ややかに笑う。

「この肉体は、君と同じようなものさ」

明らかな皮肉だが、メノウは動じない。

「あんたと会話をする気はないわ。私がいま話さなきゃいけないのは、マヤだから……ああ、でも、言っておくことがあるわね。ありがとう」

にっこりと満面の笑みで礼を言う。

「あなたがミシェルを、ここの入り口に立たせなかったおかげで、思ってた百倍楽に『遺跡街』に入れそうだわ」

「能天気なものだね。【星読み】に会うため『遺跡街』に入るなら、そこからが本番だ」

「そう？　あんたは、ここで退場だけどね。本番で仲間外れなんて、かわいそうなことね」

「……確かに、この肉体は、もう限界だ」

原罪概念の浸食と自分の魔導の反動で、ハクアの分体の肉体は崩れはじめている。

純粋概念に耐えうる素体というのは、それほどに生み出すのが難しい。

だがあと一撃、ハクアにも純粋概念の魔導を放つだけの余裕があった。

「これをしのげたら、『遺跡街』に行くといい。しのげたら、だけどね」

不吉にささやいたハクアの分体が、魔導を編む。

『導力：接続――』

見せつけるような、ゆっくりとした魔導行使。ただ莫大な導力を集めて、集めて、押し固めた力でもって、あらゆる心を恐怖へと風靡させる魔導は、塩の大地で戦った時に目にしたものと同一だ。

『完全定着・純粋概念【白】――』

あの時のメノウは、ハクアが無造作に放つ純粋概念をひたすらに避けるしか手立てがなかった。恐怖に心が震えて、なにもできないと怯えて後退した。

だが、あれから半年。

メノウは新たな力を得ている。

『導力：接続――短剣銃・紋章――発動【迅雷】』

メノウは導力銃の照準を合わせると同時に、紋章を発動。導力銃の弾丸を【迅雷】に変化させる。続けてメノウが構える導力銃が変形した。導力の枝でできた銃身が、メノウの左腕と同化するかのように絡みつき、大きく輝く砲口を作り上げる。

「純粋加速」

行使する魔導を意識するために呟き、自分の魂の奥深くに精神を沈める。

『導力：接続――不正共有・純粋概念【時】――』

メノウの精神に触れた【時】の純粋概念が、ごっそりと、なにかを奪い取っていく。目には見えないからこそ大切な、メノウを支えるなにかだ。一度失えば、取り戻すことができない、なにかだ。

心を蝕まれていく感覚の影響か、なぜかメノウの視界が青く染まっていく。メノウの魂とつながり続けている経路が、奪い取ったメノウの意識の一部をここではないどこかへ連れ去る。

そこは、静かな世界だった。

庭園に似た、小さく完成された世界。完璧な平穏を保つ箱庭。戸棚にしまわれた宝石箱のように美しい世界は、一人の少女のために存在した。

黒髪の彼女は膝を抱いており、胸に真っ白な刃が刺さっている。メノウとの旅で付けていたカチューシャはない。代わりに、というわけでもないだろうに青い蝶々が止まっている。その髪飾りのように蝶々だけが、ゆっくりと羽を動かしている。

アカリが、そこにいた。

「アカ──」

メノウがたった一人の親友の名前を呼んで、手を伸ばそうとした瞬間。

「──リ」

小さな世界はかき消え、メノウの意識が現実に舞い戻る。

アカリが見えた時間は、一瞬未満だった。ハクアとメノウは、互いの魔導を放つ寸前で向き合っている。

目に映るのは自分の最悪の敵だけだ。メノウは、しっかりと【時】の手綱を握って導力銃に充填している【迅雷】へと注ぎ、ハクアにはっきり告げる。

「いつか、本体も殺す。だから首を洗って待ってなさい」

「できやしないよ。ボクが君から、灯里《あかり》ちゃんを取り返すんだ」

ハクアが純粋概念を放つ準備を終え、メノウは【導枝】でできた輝く銃口を向ける。

『発動【混沌】』

『発動【加速↓迅雷】』

ハクアの魔導発動と同時に、彼女が前に向けた手のひらから先の三次元すべてが白く染まっていく。世界が上書きされて真白にリセットされる現象が迫るのを見ながら、メノウは引き金をひいた。

光の速度に迫る雷が放たれた。

すさまじい反動にメノウの腕が跳ねあがり、【導枝】の銃身が砕ける。何倍かと問うことが無粋なほど純粋に【加速】した【迅雷】が、ハクアの放った魔導を打ち砕く。拮抗など起こらず、相殺などでは止まらずに突き進む魔導の雷は、【混沌】を打ち砕いてハクアの精神が宿っていた肉体を情け容赦なく木っ端微塵に打ち砕き、それでも収まらずに教会の屋根を吹き飛ばす。

メノウが撃ち放った雷は、屋内を屋外に変え、穴を越えて射線上の地面を抉《えぐ》り抜け、さらには雷の熱量で一面の雪を消し去っていた。

間違いのない勝利だ。広々とした風景にメノウはぐうっと体を伸ばす。銃身となっていた【導枝】を解除し、晴れ晴れと笑う。

「うんっ、すっきりした！　気分がいいわっ」

メノウには珍しいほど明るい笑みだ。ハクアに対抗できるようになった自分の成長を知り、幻覚かもしれないが、久しぶりに親友の顔を見ることができた。敵を倒して、ここまで気分がよかったのは初めてかもしれない。

朗らかな笑顔のメノウは、マヤに目線を合わせるために膝をつく。

「さ、行きましょ。『遺跡街』はすぐそこよ」

「お、怒らないの……？」

　珍しく、気まずそうにマヤが聞いてきた。彼女なりに勝算があったのだろうが、独断での行動には変わりない。もしもハクアがマヤの純粋概念【魔】を手に入れた場合、アビィをはじめとする魔導兵が劣勢に陥ることになった。ハクアが憂いなくグリザリカを陥落させる力を得る寸前だったのだ。そうなれば、拠点を失ったメノウはハクアにたどり着く以前に、第一身分《ファウスト》という数と質が揃った集団に押しつぶされていた。

「あのね、マヤ。謝るのは私のほうよ。ごめんなさい」

「え？」

「私は、あなたのことを弱いって思っていたわ。保護するべき子供だとしか、見ていなかった。償《つぐな》うべき異世界人としか見れなかった」

　メノウにとって、マヤは頼る相手ではなかった。守るべき子供で、贖罪《しょくざい》すべき異世界人だ。対等に接するには、あまりにも障害が多かった。マヤは、まさしくメノウの罪悪感の象徴のような子供だったのだ。

　だからいまここで、目を逸らし続けていたマヤと目線を合わせて向き合う。

「でも、あなたは戦った。あなたのおかげで、『遺跡街』への道は開けたわ。だから、ちゃんと聞かせて？」

　マヤの視線の高さに合わせたメノウは、マヤのふにふにしたほっぺを、ぎゅうっと押しつぶ

す。怒らないとは言っていないのだ。形のよい目じりをきゅっと持ち上げて、問いかける。

「なんで、こんな無茶をしたの？」


ハクアとまったく同じ顔の少女が、自分を問い詰めてきた。

不意打ちで怒られて、マヤの目じりに、なんでか涙が浮く。きっと、顔を不細工にされたせいだ。胸に詰まる気持ちに言い訳をして、マヤはつっかえつっかえに言葉を吐き出す。

「あたしは……」

少し前なら、絶対に素直には言えなかった。けれどもメノウは、ヒーローみたいに自分を助けてくれた。それだけなら、どうしてもハクアとメノウの共通点がマヤを躊躇《ため》わせただろうが、いまはサハラの言葉がマヤの背中を押してくれた。

「さみしかった」

おそるおそる、自分のやわらかい本心を、むき出しにする。

「千年前に裏切られて、マノンもいなくなって、お母さんも死んじゃって、もう日本に戻る意味がなくなって……一人ぼっちで、さみしかった……」

必要とされたかった。母親も妹もいなくなったこんな世界で、必要とされないのなら、消えたってよかった。だからハクアに会って、話して、決着をつけたかった。

「誰かに必要とされたくて……あたしがハクアを倒せたんなら、あたしが人災《ヒューマン・エラー》になったって、あたしは世界に必要だったんだって、誰もが認めてくれるって、思った……！　一人でも、できることがあるんだって……この世界に、言ってやりたかった！」

ぽろぽろと涙をこぼす。喉《のど》をしゃくり上げさせながら、心を明かしたマヤは聞く。

「それって、悪いこと？」

サハラが受け取めながらも解決をぶん投げた想いに、メノウは答えを出してくれるだろうか。

「……マヤ」

期待と不安をない交ぜにして、マヤは自分の名前を呼んだ彼女を見る。じいっと、言葉を探すメノウを見つめる。

救いを求めるようにマヤに見つめられたメノウが口を開く。

「そのさみしさは、きっと、あなたの一生にあり続けるわ。誰かのやさしさだけを信じて、誰かのやさしさを求めるだけだったら、ずっと、ずぅっと、さみしいままよ」

メノウが口にしたのは優しい慰めではなかった。むしろ、叱責に近い。

「マヤが抱えているさみしさは、きっと私が抱いている罪悪感と同じものよ。解決することなく、人生にまとわりつく。さみしがりのあなたには、つらいのはわかるけどね、大丈夫よ」

マヤに語りかけるだけではなく、自分に言い聞かせるような口調だ。

メノウは、とん、とマヤの胸に開いた穴に触れる。

「あなたは強い」

マヤに告げられたのは、甘やかしでも、同情でも、慰めでもない。

「誰かの優しさを信じて待つんじゃなくて、必要な人を振り向かせる強さを持っているもの」

マヤは彼女の強さで、傍にいてくれる誰かを見つけて、振り向かせることができる。

無理やりついて来たこの旅程ですら、メノウも、サハラも、アビィも、ミシェルも、ハクアも、小さな彼女に振り回されっぱなしだったのだ。

「だから、マヤ。こんな世界だけど、見捨てないであげて」

口調を緩めたメノウが、マヤの頭を優しく撫でる。

「あなたは、世界に必要とされているのよ」

ふと、おかしさがこみ上げてきた。いまのメノウの言葉は、きれいに整っている。説得力もある。だけどサハラと同じく、メノウもマヤのよりどころになるとは言わなかった。

千年前、ハクアは迷わずマヤを救って居場所になってくれた。弱かったマヤがありがたいと感謝する必要さえないほど自然に、どこまでも甘えさせてくれた。

そうして一人になったマヤは、なんにもできない子供のまま終わった。

でも、サハラは背中を押してくれた。メノウは信頼を預けてくれた。千年前とは違う、どこか不器用な仲間の形が、なんでか愛おしいほど嬉しかった。

「あなたたちって……本当にあなたたちよね」

「……どういう意味？」

「そういう意味」

すまし顔で答えて。マヤは小指を差し出す。

「しかたないから納得してあげるわ。代わりに、約束しましょう？　メノウがあたしに協力するっていう約束。あたしたちは、一緒に戦うの」

「もちろん、いいわよ。頼りにさせてもらうわ」

メノウとマヤの小指が絡む。

「ゆーびきりげんまん、嘘ついたら針千本のーます」

いつか、サハラともした指切りげんまん。しかし、もう呪う必要はない。

「ゆーびきった！」

絡めた小指を軽快に離して、二人の少女は約束を交わした。


「あはっ」

飛ばしていた蟲から二人の会話を聞いていたアビィは、ひそやかに笑った。

彼女は肩にサハラを担いでいる。瓦礫に埋まっていたところを救出して、ミシェルから十分離れた場所まで逃げていた。

今回の一連の事件で、『星骸』について、アビィの中で答えが出つつあった。確信を持てたのは、ミシェルとの戦闘時だ。結果として破壊兵器になる、という言葉で結論は出た。

だが、それをいまメノウに伝える気はない。どちらにしても、使い方によっては世界を削ることが可能な戦略破壊兵器となるのは、事実なのだから。

「やっぱり、あれを付いてこさせて、よかった。おねーさんとメノウちゃんだけじゃ、安定しすぎるんだよね。いい感じに事態をかき乱してくれたよ」

マヤがここに来られたのは、アビィの影に張り付くことを見逃したからだ。心底不愉快ではあったが、成果を上げた事実を認めるにやぶさかではない。

「お陰でメノウちゃん、だいぶ【時】を使ってくれた。あそこを割譲した代わりに、モモちゃんから代償をもらったかいはあったよ……君も、あと少しだから、待っててね」

怪しく笑ったアビィは、下腹部の歯車マークをつるりと撫でる。

「くだらない世界を滅ぼすために」

『絡繰り世《からくよ》』からやってきた魔導兵が、決然と自分の目的を呟いている、肩の上。

アビィに抱えられて片目だけ薄く開けていたサハラは、「うっわ、聞かなきゃよかった」という内心を隠し、そっと目を閉じて気絶したふりを続行した。

Epilogue エピローグ

遠方での自分の消失を察知し、ハクアは失敗を悟った。

「ちっ」

人の記憶を形にした本に囲まれた空間で、彼女は頭を押さえる。北に送っていた肉体に宿した精神が削られた反動だ。立ち眩《くら》みをこらえるように手のひらで顔を覆いながら、呟《つぶや》く。

「……構うものか」

マヤの純粋概念【魔】を手に入れることができなかったのは残念だが、自分以上に、『陽炎の後継《フレアート》』が失ったものは大きい。マヤに【回帰】を使った時に気が付いた。あれだけ純粋概念を用いて戦っていたのだ。代償がないはずがない。最後の一撃に関しても、メノウにより強い純粋概念を使わせるための挑発だった。

半年間をかけてメノウが得た力は、純粋概念由来のものでしかない。ハクアが『星の記憶』に陣取っている限り、優位は揺るがないのだ。問題はメノウが隠したアカリの体だが、幸か不幸かアカリの時間は止まっている。邪魔なメノウを処理してからゆっくりと探せばいい。ハクアの【憑依《ひょうい》】に耐えうる素体づくりは、そのためでもあるのだ。

『また自分をすり減らしておるようだの』

ハクアしかいない空間に、声が響いた。

設置してある長距離通信導器が起動しているのを見て、ハクアは顔をゆがめる。

「……【防人《さきもり》】」

ハクアの声にはあからさまな嫌悪がこもっていた。

「なんの用だ？　お互い、関《かか》わらないようにしていたと思うんだけどね。それに君、『陽炎の後継《フレアート》』ごときに、グリザリカでは、ずいぶんと好きにやられているようじゃないか」

『妾《わらわ》も歳でな。若さゆえの活力に出し抜かれることもあるよ。それに【盟主】まで妾に牙をむいてくるし、さんざんよのう』

「嘘をつけ。なにを企んでいるのか……しかも今回は、こちらにも変な手出しをしただろう」

『ん？　ああ、あれかい？　【魔法使い】があまりにも手ぬるくてのう。あ奴は若いと、青臭くていかん。使い潰すならば、きっちりと使い潰さねばな』

くつくつくつと、絡みつくような笑い声が響く。だがハクアは彼女が手を出した本当の理由に見当がついていた。

「……うらやましかったのかな？　あの修道女のことが」

『うらやましいか、と？　うらやましいとも。あの銀腕は素晴らしいもの』

【防人】はあっさりとハクアの言葉に首肯した。

「なにせ原色概念と原罪概念の循環融合は、第三種永久機関の達成に等しい。本当にできているというのなら、我ら【使徒《エルダー》】の不完全な不死など問題ではない。エントロピーを砕ける剣、時間の矢すら折れる可能性じゃぞ？』

【使徒《エルダー》】は不死身だ。だが、倒し方は確かにある。だからこそ【防人】は貪欲に探し続けている。真の意味での、不死身を。

『ほれ、おぬしもその指先。【魔】に浸食されておるぞ』

【防人】の指摘にハクアが自分の指を見ると、小指が黒く染まって変異していた。あそこでの被害は分体だけだと思ったが、精神を通じて本体にまで浸食したらしい。なんの痛みもなく浸食していた小指を、ハクアは迷いなく切り離して捨てた。この程度の欠損ならばすぐに再生できる。

「思った以上にじゃじゃ馬だね、【魔】は。それより【防人】。今回は、まだ代えてないのか。お気に入りがいるんだろう？」

『万全を期しておきたいのでな。前回のざまは覚えておるだろう？』

「……ああ」

グリザリカ王家は、代々、【防人】に選ばれた人間が憑依される。いま【防人】の意識がある体の女性は、グリザリカ王家に生まれた末に待ち受ける己の運命を知ったうえで受け入れている。

――憑依される直前に、毒を飲んだ。

『まったく、我がことながら無理をするよ。普通は思いついてもやらぬであろうに……悲しいかな、愛しの妹は同じことをしかねん。下手に勝ってしまうとな、潔く自決をしかねんでなぁ。そうならぬように心を折るためには、相応の準備がいるのだよ』

【防人】は【憑依】に特化した精神的な存在だ。特に好んで扱うのは精神融合である。【憑依】した相手と自分の記憶と人格を混じり合わせることで、拒絶反応を可能な限り減らしている。血縁といえども、代を重ねるごとに初代からかけ離れていくため、工夫が必要だった。

『そういう点では、オーウェルはすこぶる優秀であったのにのう。くすねた素材を活用して見事に拒絶反応のない素体を造りおった。その素体はそっちに行ったが、状況はどうじゃ？』

「……別に？　君に心配されるいわれはないよ。どちらにしても、『陽炎の後継《フレアート》』の限界は近い。ボクが、手を下す必要がないほどにね」

西の『主』は、千年の共謀を続ける東の【防人】にメノウの運命を告げた。

「階段、みーっけっ！　これを降りたら、『遺跡街』だね！」

明るい声を出したのはアビィだ。ハクアを撃退してしばらくして、サハラを抱えた彼女とメノウたちは無事に合流できた。

教会の地上部分はメノウが吹き飛ばしてしまったが、『遺跡街』へとつながる逆さの尖塔が残っていれば問題はない。合流した四人で地下に向かうと、逆さの尖塔の内部の壁沿いに、螺旋階段がつくられていた。無限に続いていると錯覚してしまうほどの長さだ。

「ここが、『遺跡街』の入り口ね」

どんな心境の変化があったのか、不本意に連れてこられたはずのサハラが意外と前向きなのには驚いた。さっき顔を合わせた時も、どこか吹っ切れた印象があった。

いまメノウたちが前にした巨大な階段を下りた先に、『遺跡街』が広がっている。

「なに、この階段……ほら、サハラ。下僕なんだから、歩くのに疲れたあたしを運んでね？」

「え？　それは、おかしい。養ってくれる約束はどこに？」

「妹ちゃん、養ってほしいの⁉　え⁉　養わせてくれるの⁉」

合流してから、マヤもアビィもサハラを挟んで和気あいあいとしている。今回の事件は危うかったが結果的にハクアの分体を撃退してダメージを与えて、ミシェルの妨害をかいくぐって『遺跡街』に入ることができた。当面の目的を乗り越えてひと段落した空気の会話にメノウも加わる。

「そういえばマヤ。あの時に話していたことって、なんだったの？」

「あの時？」

「【星読み】とどうやって話すのかって聞いたじゃない。逆を言えば、マヤは【星読み】と会えさえすれば対話ができる自信があるんでしょう？」

「ああ、あれ？　簡単よ。あたし、あの子とはとっても仲がよかったの」

マヤがなんでもない口調で答える。自分の立ち位置を手に入れたのだ。いまさら情報を出し惜しむそぶりもなく、【星読み】の正体を明かす。

「同じ魔導兵でも、そこのスクラップとは大違いだわ。気弱だから心を開いた相手にしか姿を見せないけど、とってもいい子よ、【星読み】は」

「は？　千年前の魔導兵なんかよりあたしたちのほうが高性能なんだけど？」

「なにか違いがあるの――っとと」

会話をしながら階段に向かおうとした時、メノウのポニーテールが誰かに引き留められるように後ろから引かれた。足を止めると、髪をまとめるリボンが階段入り口の出っ張りに引っかかってしまっていた。

「なにしてるの、メノウったら」

「リボンが、ちょっと……ごめんね。先に周囲に異常がないか、確かめておいて」

仲間たちに軽く笑って黒いスカーフリボンに触れる。破れないように注意して引っかかりからリボンを外しながら、そういえば、と首を傾げる。

ずっと使っているこのスカーフリボンは、いつ、どこで、手に入れたものだっただろうか。

「……」

言いようのない喪失感を埋めるために、メノウはバッグから日記を出してページをめくる。

内容の多くが、記憶にないものだった。自分が経験したはずの出来事に、感情が付随していない。他人の日記を覗《のぞ》き見る感覚で自分が書き記した情報を確かめていく。

「……うん、なるほど。モモ、という後輩がいる。リボンは、その子から、もらった」

小さな声量で、言葉を短く区切って確認する。

日記の比較的最近の記述に、注意書きがあった。

もし、この記憶がわからなくなった時、モモという後輩には、決して記憶の喪失を悟られるなと。もし悟られれば、彼女は必ずメノウのことを止めると忠告されていた。

「私のことを、大切に思ってくれている子なのね」

そして、きっと、自分も大切に思っていた。なにせ自分が、アカリを預けるほど全面的に信頼しているのだ。

日記に書かれている出来事を読めば、理解できる。とても大切な後輩だったのだと。

いまの自分には、文字で読み解くことしかできないのが、悔しいほどに。

メノウはスカーフリボンの感触を確かめる。そんな子からもらったのならば、このスカーフリボンは、きっと大切なものだ。実感はないが、とても大切なものに違いない。

かわいい年下というのならば、いまの自分にとってのマヤのような感じなのかもしれないのだから。

ここに来るまで、メノウは幾度か純粋概念を使った。

純粋概念の浸食には、個人差がある。アカリやマヤなどは、かなり浸食が遅いほうだったはずだ。一回使っただけでも影響が出る者もいれば、数年の使用に耐える人間もいる。

そしてメノウは――普通、なのだろう。

この半年で純粋概念を使ったのは、一度や二度ではない。

普段は使っても導力銃を挟んで純粋概念を劣化させることでで記憶の消費を抑えている。だがマヤを助けるための【回帰】とハクアの分体にとどめを刺した【加速】はメノウの記憶を大きく消費した。

まだ人格に影響が出るほどではない。少なくともメノウは、まだ大丈夫だと自認している。猶予はある。

アカリを助けることができるだけの猶予は、まだ。

「十分よね」

まだ周囲に悟られてはいけない。

アカリを助けたいという気持ちと、ハクアとの決着をつけたいという想いは、強迫観念に近い感情でメノウの行動原理を無自覚に支配しつつある。

記憶を失い続ける自分に残る想いがなんなのか、予想はついている。

きっと自分はこれからサハラのことも、マヤのことも、導師《マスター》『陽炎《フレア》』のことも忘れていく。

最後に残るのは、最高の味方と、最悪の敵の記憶だけだ。

その時に、メノウは殺さなければいけない。

人災《ヒューマン・エラー》となる前の、自分自身を。

立ち止まったメノウに、階段の調査から戻ってきたサハラが声をかける。

「メノウ。階段の周りに異常はなかったみたい。アビィがそう言ってた」

「そう。ごめんなさい。いま行くわ」

待たせすぎてしまった。苦笑しながらも日記を閉じて、バッグにしまう。

失うものがあっても、ハクアを倒し、異世界人が来ない世界にして、憂いなくアカリと出会って笑いあえれば。

メノウは、取り戻した温かい時間の中で終わることができる。

「手に入れましょう、『星骸《せいがい》』を」

とっくに覚悟を固めていたメノウは、自分を呼ぶ仲間たちのもとに向かった。


焼き払われた停車場で、ミシェルは一人、物思いにふけっていた。

彼女の前には、『教官《ティーチ》』だったものの死体がある。喰らった生贄《いけにえ》のぶんだけ再生するという原罪概念の特性上、討伐に時間がかかった。もはや原型をとどめていない肉塊だ。教典のない状態ではさすがに手こずったものの、ミシェルがこの程度の魔物に負けることはない。

だからこそ問題は、そこにない。

「分体への憑依、だと」

アビィによって中継された映像を思い出し、ミシェルは、ぽつりと呟く。

マヤとハクアの仲違いもショックだったが、それ以上に、ハクアがこちらに来た方法がミシェルに疑念を抱かせた。

己の精神を分割する技術。そして分けた精神を他者へと【憑依】して乗っ取る手法は彼女が知っている白上白亜《しらかみはくあ》の所業というより、むしろ、彼女が戦っていたはずの――

「――……いいや、千年だ」

ミシェルは、頭を振っていまの自分の思いつきを振り払う。

千年もの時間が経てば、変わらないものを探すほうが難しい。事実として自分は、千年の年月に意識の連続性を保つことを放棄した。ハクアに忠誠を誓うミシェルですら、五十年の人生を過ごし、衰えれば記憶を消して若返ることを選んだのだ。

長く生きることは、それほどに耐え難い。

人間の精神というものは、百年程度で壊れるようにできているのだ。

千年の時を寄り添うことを放棄した自分に、『主』の変節をとやかく言う権利などない。精神の分割が手法として優れているのは確かなのだ。ならば、憎き仇敵の手法であれど、参考にすることはあるだろう。

「……そうだ」

たとえそれが、大志万摩耶《おおしままや》を召喚して搾取した研究機関を運営し、あるいはミシェル自身が被検体となった実験施設の出資者――千年前に資本の力でのさばり、多くの純粋概念を得るために異世界人を召喚しては占有し、数々の不老不死の追究をしたグ、リ、ザ、リ、カ、財閥の元締めが好んで用いていた手法であっても。

「ハクア様のなさることに、間違いなどあるはずがない」

自身の救世主である彼女を疑うなど、不敬にもほどがある。

自分に言い聞かせたミシェルは、『星骸』の真下へと視線を向ける。

導力の流れを失い、不毛の地となった未開拓領域の地下には『遺跡街』が広がっている。ミシェルと同じくハクアに仕える【使徒《エルダー》】である【星読み】が住まう複雑怪奇な遺跡群だ。

今回はいくつか予想できないイレギュラーに振り回された。だが『遺跡街』には直属の部下とともに入る予定だ。元処刑人たちを制御し損ねた今回のような醜態をさらす要素はない。

ミシェルの部下として『主』直属部隊に選別された人物は、良識のある第一身分《ファウスト》ならば絶句する人員が混ざっている。使える人間を集めた結果、禁忌の割合が多くなったのだ。

逆を言えば、限りなく普通の神官もいる。フーズヤードも禁忌とは縁遠いし、もう一人。

真っ白なキャリーケースを引きずって、近づいてきた神官も、すこぶる優秀なだけで禁忌とは程遠い。

「来たか」

「遅れましたぁ」

甘い声が響く。彼女はミシェルの部下の中でもっとも優秀な人間である。藍色の神官服に身を包んだ彼女にこれからの行動を告げる。

「『遺跡街』で、『陽炎の後継《フレアート》』を殺す。目標の情報は把握しているな」

「もちろんですぅ。先に入った奴等と合流すれば、余裕な任務ですぅ」

桜色の髪をシュシュで二つ結びにした彼女は答える。

「……いまのあの人にならぁ、遠慮する必要もなさそうですもんねー」

「遠慮？」

「いえいえー、なーんでもありませんー。ミシェル先輩が気にすることは、なーんにも！」

にぱーっと邪気のない笑顔を浮かべる。

彼女はフーズヤードからの紹介で編入した、『主』直属部隊の一人。

「ちゃーんと『陽炎の後継《フレアート》』を仕留めたら、ミシェル先輩はモモのことを褒めてくださいねー！」

まぎれもなくメノウの後輩であったモモは、自分の新しい上司に親愛の笑みを向けた。

あとがき

こんにちは。佐藤真登《さとうまと》です。いよいよ4月1日より、待ちに待った本作のアニメ放送が開始されました！

原作の動きしてます！　原作の声をしてます！　原作の魔導が発動してます！

アニメ化にあたって関《かか》わる人のあまりの多さにビビり散らかしていた原作者ですが、表現者の方々からたくさん勉強させていただき、幸せなアニメ化を体験中でかみしめています。三ツ谷《みつや》先生のコミカライズも3月25日に3巻が発売され、メディアミックスの偉大さとありがたさを日々味わっております。

服装の一新ということで素敵なイラストで世界を広げてくださったニリツ様、「これが現代の馬車馬……！」と思わずにはいられないほどの稼働を見せている編集ぬる氏、関係各位の皆様、ご迷惑をおかけして本当に本当にすいません。なにより、素晴らしいお仕事をありがとうございます。

新章に突入して、キャラたちも新しい自分たちの道を歩き始めました。

この巻のエピローグの展開に「さてはメノウちゃんにひどい目にあわせたいんですね？」という感想を担当編集氏からいただきましたが断じて違います。作者はメノウちゃんならば作者ごときがどんな試練を課そうが彼女の意思と力で乗り越えて幸せになってくれると信じて疑っていないだけです。

読者さまがこの物語を楽しんでくれますことを祈って、次の巻でもお会いできることを楽しみにしております。

それでは。

消えぬ想い。

処刑少女の生きる道《バージンロード》8

加速。

消える記憶、

ファンレター、作品の
ご感想をお待ちしています

〈あて先〉

〒106－0032
東京都港区六本木2－4－5
SBクリエイティブ（株）
GA文庫編集部 気付

「佐藤真登先生」係
「ニリツ先生」係

本書に関するご意見・ご感想は
右のQRコードよりお寄せください。

※アクセスの際や登録時に発生する通信費等はご負担ください。

https://ga.sbcr.jp/

処刑少女の生きる道《バージンロード》7 —ロスト—

発　行　　2022年4月30日　初版第一刷発行

著　者　　佐藤真登
発行人　　小川　淳

発行所　　SBクリエイティブ株式会社
〒106−0032
東京都港区六本木2−4−5
電話　03−5549−1201
　　　03−5549−1167（編集）

装　丁　　AFTERGLOW

印刷・製本　中央精版印刷株式会社

ISBN978-4-8156-1399-0
Printed in Japan　　GA 文庫